Silent Witch IV -after-

沉默魔女的事件簿

Casebook of the Silent Witch

依空まつり

Illustration
藤実なんな

Kadokawa Fantastic Novels

彩頁、內文插畫／藤実なんな

Contents

Casebook of the Silent Witch

序章

七賢人與圖書館的祕密

The Seven Wise Men and the secret of the library

位於利迪爾王國西北部的海姆茲．納里亞圖書館，是利迪爾王國歷史第二悠久的圖書館。比這裡更老的，就只有王國最知名的阿斯卡德大圖書館。

而除了建築物本身，海姆茲．納里亞圖書館內所收藏的許多舊時代書物，同樣也具備貴重的歷史價值。

但令人唏噓的是，這兒的交通致命性地不便，導致利用者逐年遞減。

再加上負責管理的司書官一族血脈已斷絕，因此世間都謠傳，海姆茲．納里亞圖書館恐怕會在不遠的將來步上廢館之路。

就在這樣的海姆茲．納里亞圖書館內，兩位接待小姐正在櫃檯聊天。

「前輩，妳快看。因為實在太閒，我給來館簽名簿畫了些花，再用緞帶裝飾得可愛些，沒想到加工得出神入化……」

「算我拜託妳，在位子上安分坐好，讓自己的表情看起來智商不要那麼低。今天七賢人要從王都來視察啊。」

「我記得，七賢人是不是大概在半年前換了兩個啊？新就任的是〈結界魔術師〉大人跟……呃——另一位……是誰來著？」

「是〈結界魔術師〉路易斯．米萊大人和〈沉默魔女〉莫妮卡．艾瓦雷特大人啦。今天來視察的除了這兩位大人之外，還有一位〈深淵咒術師〉雷．歐布萊特大人喔。」

海姆茲．納里亞圖書館收藏了大量魔導書與咒術書相關書籍。這些書籍非常不易管理，依狀況而定，有些甚至必須施予封印結界。

因此，為了對館內藏書進行補修或強化封印等處理，七賢人才會受託到訪。

「前輩，〈結界魔術師〉大人是魔法兵團的前任團長嘛？明明實力高強，卻又充滿紳士風度，迷死人了對吧。欸嘿嘿嘿……不曉得他有沒有女朋友。」

「不管出什麼差錯，都千萬別跟人家要簽名，或者打聽人家的聯絡方式。這種會拖垮海姆茲・納里亞圖書館格調的行為，無論如何請妳絕對避免。」

「遵命——」

就在後輩小姐朝氣蓬勃地回應時，某種在物體滾動時會發出的嘎啦叩囉聲，從為了換氣而打開的窗口傳進館內。

與馬車車輪轉動的聲音不同，那是小台的載貨用手拉車被拖動的聲音。

今天是送新書來的日子嗎？兩位接待小姐面面相覷，隨後，圖書館入口的大門應聲開啟。

開門的人，是一位把栗子色長髮綁成三股辮的男子。有著一副如女性般俊美的臉孔，並在右眼掛了一只單邊眼鏡。

明明正值夏天，身上卻披著施有金絲刺繡的長袍，右肩還扛了一把長度不下身高的黃金長杖。

在利迪爾王國，愈是高位的魔術師，獲准攜帶的法杖就愈長。然後，被允許持有與身高等長法杖的魔術師，全王國只有七位——也就是立於魔術師頂點的七賢人。

「兩位午安，我是〈結界魔術師〉路易斯・米萊。受館長委託前來拜訪。」

端正的五官搭配氣質高雅的微笑，美得令人著迷……但，兩人的視線卻是緊緊投向路易斯的身後。

路易斯左手握著一條繩索，繩索另一端就繫在他身後的手拉車上。

看來，路易斯是一路拖著這台手拉車來到這裡的。

手拉車的構造十分粗糙，就只是在一片門扉大小的木板上加裝輪子而已。兩個披著與路易斯同款長袍的人，就如死屍般癱倒在手拉車上，接受夏日陽光的荼毒。

見到接待小姐一瞥一瞥地關注手拉車，路易斯擺出比方才更甜美的笑容開口：

「才剛抵達就要東要西的很不好意思，但可以麻煩給我一份水嗎？」

被喚作前輩的接待小姐立刻將視線從手拉車上移開，望向路易斯回答：

「畢竟今天很熱嘛。這就去為您準備冰涼的飲品……」

「不，只要普通的水就行了。然後，我不是要一杯，是一桶。」

說著說著，路易斯回頭望向癱在手拉車上的兩人。

「我打算往那邊潑下去，讓那兩塊人乾補充水分。」

也不曉得有沒有聽見路易斯的聲音，只見兩塊人乾從手拉車上緩緩地抬起身體。

「終、終於……到了嗎……」

「唔嗚……感覺好想吐～……」

首先起身的是紫髮青年，遲了一會兒才連滾帶爬摔下手拉車的，則是一位把淺褐色長髮綁成亂糟糟三股辮的嬌小少女。

見青年與少女滿臉鐵青地遮著嘴巴，路易斯向他們使了記白眼。

「虧我如此親切，當車伕一路把兩位運過來，你們就沒什麼要表示的嗎？」

待路易斯冷冷地說完，紫髮青年與三股辮少女左右張望一番，各自發出「喔唏呀～」、「嗶嘎呀～」這種除了怪聲之外不知該如何稱呼的聲音。

「唔喔喔喔～夏天的太陽好刺眼……夏天不愛我……纖細的我會被曬成肉乾……陰影，哪裡有陰影啊啊啊啊～……」

紫髮青年雙手按在眼睛上扭動掙扎了一會兒之後，像條蟲子似地趴在地面上，咖沙咖沙爬到圖書館櫃台旁的櫃子陰影下。

至於三股辮少女，則抱住蓋有兜帽的腦袋瓜縮成一團，吸著鼻子啜泣起來。

「噫咽……陌生的地方好可怕，陌生的地方好可怕，陌生的地方好可怕……嗚嗚，嗚嘩～～！」

少女嚎啕大哭的同時，還踩著東倒西歪的笨拙腳步跑向窗邊，捲起窗簾藏身。模樣像極了這季節不該出現的蓑蟲。

「陰影……求求你，愛我吧……」

「噫噫……嗚咽……我要回家……」

面對向陰影求愛的青年，以及化身蓑蟲的少女，路易斯不由得長嘆一口大氣。

「兩位，你們應該也不想被人把頭按進裝滿水的桶子裡吧，可以趕快變回人類了嗎？」

態度紳士歸紳士，發言的內容卻一字一句都充滿火藥味。

在無言以對的接待小姐面前，路易斯一副什麼都沒發生過的態度向來館簽名簿伸手，並對著裝飾了緞帶的封面咕噥一聲：「喔呀，真可愛。」

* * *

事情發生在〈沉默魔女〉莫妮卡．艾瓦雷特為了第二王子的護衛任務，硬被拖出山間小屋的大約一年之前。

史上最年少，年僅十五歲便獲選成為七賢人的莫妮卡，足不出戶地窩在遠離王都的山間小屋，埋頭進行個人的魔術研究或處理數字相關工作，靜靜地生活。

路易斯來到這樣的莫妮卡面前，是某個晴空萬里的夏日早晨，當莫妮卡將熬夜寫好的論文抱在胸前，縮在桌面下安詳地沉睡的時候。

山間小屋無論是床鋪或地面，都已經被大量的書本與文件給占領，所以莫妮卡將身子縮成一團，窩在僅剩的桌下空間就寢。沒想到睡著睡著，忽然一陣傻眼般的嗓音從入口傳來。

「同期閣下，妳又講不聽，窩在那種地方打瞌睡……」

「……路易斯先生？要是有什麼需要的文件，就請儘管，帶回去……」

「我不是來回收文件的。」

路易斯靈活地在滿是文件的地面上移動，把半睡半醒的莫妮卡從桌下拖出來。

「要回收的不是文件，是妳喔，同期閣下。工作了。」

接著，莫妮卡的記憶便到此中斷。一言以蔽之，睡著了。

當莫妮卡再度睜開眼睛，發現自己已經坐在前往海姆茲．納里亞圖書館的馬車內。

「早安，同期閣下。」

「……」

「抱歉委屈妳搭馬車啊～要是靠咱家的精靈，從空中飛一會兒就到了，不巧那個今天一整天都出借給師姊閣下。」

重點好像不在移動手段吧，真的要賠罪的地方，難道不是擅自把人帶出家門這點嗎。老實說，整體過程已經形同綁票。

啞口無言的莫妮卡眼中，映出了兩位共乘馬車的乘客。一位是路易斯，另一位是披著與路易斯同款長袍的紫髮青年——七賢人之一的〈深淵咒術師〉雷．歐布萊特。

莫妮卡已經當了將近半年的七賢人，但其實直到現在，幾乎都沒跟路易斯以外的七賢人交談過。尤其雷不怎麼出席會議，偶爾露臉也只在房間角落唸東唸西咕噥不停，更散發出一種令人難以搭話的氣場。

就連現在，雷也縮在與莫妮卡成對角線的座位上，嘴裡嘀咕個沒完。

莫妮卡靜靜將視線從雷身上移開，開口問向坐在正對面的路易斯。

「路易斯先生，這、這裡是哪裡？我為什麼，會坐在馬車上……這輛馬車，目的地是哪裡……」

「目的地是海姆茲．納里亞圖書館——正確說來，是離圖書館最近的羅亞鎮。」

路易斯簡潔地只答覆了最後一個問題。

海姆茲．納里亞圖書館。由於是歷史悠久的知名圖書館，因此就連莫妮卡也曾聽聞大名。沒有直接上門造訪過就是了。

為什麼，自己要被帶去那種地方？就有如要解答莫妮卡這則疑問似的，路易斯繼續接話說明。

「館方已經發出委託，要我前去修復咒術書，以及補修魔導書的封印。數量聽了可別嚇到，竟然超過四百本呢。」

不管怎麼想都不是能在一天內處理完畢的量。手腳再怎麼俐落，至少都得花上整整兩天。視封印的種類而定，就算拖更久也不足為奇。
「一個人處理這麼大量的封印作業，不覺得我的喉嚨會被操到失聲嗎？」
雖是理所當然，不過使用封印魔術自然需要詠唱。有的術甚至還得連續詠唱幾十分鐘才能施放。
腦中自然而然浮現出路易斯提及的情形，莫妮卡的臉部忍不住抽搐起來。
只見路易斯露出一副吟唱聖句的聖職者表情，舉手按在胸膛說道：
「幸好，上天並沒有捨棄我……我有個非常可靠的同期可以依賴。說起那位同期，竟然是世界上絕無僅有的無詠唱魔術專家呢。」
能夠不經詠唱便施展魔術的魔女，一如稱號所示地沉默了。對於對方這般不由分說的霸道，著實令人無言以對。
路易斯絲毫不在意莫妮卡的態度，拾起擺在座席旁邊的布團遞了出來。
「看妳把這個掛在椅背上，我就順便帶來了。」
路易斯手上的東西，是莫妮卡的七賢人正裝長袍。
莫妮卡交互望著路易斯與長袍，隨後一臉笑容的路易斯便朝莫妮卡肩頭拍了拍。
「就是這麼回事，能夠無詠唱處理的封印就有勞妳了！我會好好應付其他無詠唱所處理不了的複雜結界。」
徹頭徹尾的霸道。
即使如此，對於幾乎是兩手空空被綁來的莫妮卡而言，想開口拒絕實屬不可能。
海姆茲．納里亞圖書館位在一片森林裡，與羅亞鎮的距離，大約是徒步三十分的路程。
從前似乎另有一條能行駛馬車，節約往返時間的道路，但在一年前遭到土石流阻塞，導致現在只剩下僅容行人徒步通行的窄小道路可供選擇。

然而，在抵達羅亞鎮時，莫妮卡與雷都已經被暈車及炎炎夏日給整垮，雖然不到絕對，可實在不是能夠步行前往圖書館的狀態。

而即使到這種關頭，也絕對不會讓「那就休息到兩位體況好轉再出發吧」這種話出口，這才是七賢人路易斯．米萊。

明明在馬車裡看書卻完全沒暈車的路易斯，在鎮上找人借了台手拉車，就把莫妮卡與雷粗魯地堆上去。

然後就這麼用繩索拖著手拉車，頭也不回地一路走到了海姆茲．納里亞圖書館。

＊　＊　＊

被當成行李拖運的雷與莫妮卡，這會兒又被路易斯從陰影處及窗簾一一拖出來，帶往圖書館內部最深處的魔導書專用保管室。

保管室本身格局較窄，剛進門右手邊就是五座等距離擺放的書櫃。

左手邊則有張作業用的桌子，修復書本所需的道具，以及刊物清冊等等都整齊地擺在桌面上。

從路易斯手中獲釋的雷立刻一頭趴上桌面，滿嘴怨言地咕噥起來。

「正常來說，明明就該讓暈車的同僚好好休息一番……竟然反把人當成貨物一路拖著走，沒人性也該有個限度……」

「要是傻傻地等你恢復活力，太陽豈不都下山了嗎。你以為我是為什麼要特地請到〈沉默魔女〉出面幫忙的？當然是因為我想在今天之內結束所有工作啊。」

路易斯一臉正經地說著，同時開始依封印的複雜程度為書分類，分成較容易處置的書，以及比較花時間的書。

「我明天可是要跟未婚妻約會呢。」

聞言，莫妮卡與雷都不禁停下手上的作業，轉頭凝視路易斯。

即使遭到兩位年輕人向自己投以質疑人格的目光，路易斯還是不為所動。

「你們覺得世界上，有什麼事情是比跟婚約對象約會更重要的嗎？」

眼見路易斯講得理直氣壯，雷忿忿地咬著拇指指甲呻吟起來。

「混帳，混帳，太讓人嫉妒了……走著瞧，哪天換我訂婚，絕對拿同樣的台詞回你……」

「啊哈哈，歡迎歡迎。」

「反正你肯定覺得我不可能結婚是吧～～～！該死，該死，最這麼想的人就是我自己啦！詛咒你，我詛咒你！詛咒你約會時褲子屁股破洞出盡洋相～～～！」

「我的未婚妻心胸寬大，褲子真破了也會幫我補好喔。」

被路易斯三兩下輕鬆回嘴，雷頓時睜大眼睛，一屁股從椅子摔在地上。

悲哀的咒術師就這麼伸手按住心窩，一抖一抖地痙攣。

「詛咒被人用曬恩愛反擊了……這種深刻屈辱殺死了我的心……死因，屈辱死……」

路易斯瞥也不瞥在地上痙攣的同僚，把分類好的書山往莫妮卡推了過去。

「啊，同期閣下。麻煩對這邊的魔導書加上包含抗火術式的三級封印。」

「呃，喔～……」

莫妮卡一瞄一瞄地關注地板上的雷，並收下了路易斯推來的書山。

在利迪爾王國，魔術書與魔導書被明確地視為不同的東西。

收錄一般魔術的書籍，或記載相關理論的教科書，都稱為魔術書，並被歸類為書本。

另一方面，在書籍媒體透過特殊顏料記載魔術式，光是朗誦魔術式就能發動魔術的書本，則稱為魔導書，歸類為魔導具的一種。

從前，魔導具還不若現在發達的時代，魔導書就是讓任何人都能輕鬆發動魔術的便利道具，深受大眾愛用。

可是，只因為些許汙損就導致魔導書魔力外洩，或記載的魔術失控等情事也並不少見。既然以紙張作為媒體，劣化迅速就是無可避免的缺陷。

在魔導書之後開發的現代魔導具，有八成以上都是將魔術式刻在礦石，為礦石賦予魔力製作而成。

這類現代魔導具只要注入魔力就能發動，既不需要詠唱，也不需要具備魔術相關知識，僅需少許魔力即可使用。

相較之下，魔導書不但需要朗誦魔術式，又不易管理。因此，魔導書便逐漸遭到淘汰。

為此深感困擾的，則是收藏大量魔導書的圖書館。

不易管理的魔導書，無論想繼續收藏，或想及早廢棄，都必須耗費大量金錢與心力。

所以近年來，對尚未使用的魔導書施加封印結界，已經成了普遍的做法。原因很單純，這是最安全，成本又最低的管理方法。

（這本書的封印術式狀態……）

莫妮卡一一拿起路易斯分類好的魔導書，確認封印的劣化程度。嚴重劣化的場合，需要解除並重下結界。其他較輕微的狀況，就只需要施予簡單的補修與強化。處理完畢後，再將劣化情況與修復內容記錄在紙張上，以上就是整體處理流程。

（劣化程度輕微。為綻開的封印進行補修。補強……固定完畢。）

無詠唱修復魔導書的劣化結界後，莫妮卡順手把修復內容記錄在紙上。

對於莫妮卡這個無詠唱魔術專家而言，確認劣化的程度與記錄相關作業，遠比施加封印術式來得費時。

「那個，路易斯先生……這邊這疊書山，已經，封印完畢了。」

看到莫妮卡把第五十本書疊到桌面上，路易斯停下正握著羽毛筆書寫的手，銘感五內地低語：

「像這種時候，我實在打從心底感到妳真的是個能幹的魔術師呢。竟然在這麼短的時間內，結束這麼大量的封印作業……」

封印術是結界術的一種，而且在魔術中屬於難度比較高的類型。

雖然並非所有結界術莫妮卡都能不經詠唱施放，若只是施加簡易封印，要無詠唱應對並不是問題。

正因如此，在這種需要進行大量封印作業的場合，莫妮卡的無詠唱魔術是非常貴重的戰力。

至於路易斯負責處理的，則是更強韌更複雜的高度封印術式。

這些基本上是用來封印危險性較高的魔導書，自然地，術式啟動的費工程度也隨之攀升。

有著〈結界魔術師〉頭銜的路易斯，防禦結界也好、封印結界也好，只要與結界術有關，在王國內可謂無人能出其右。

由這樣的他所動手施加的封印術式，就有如高規格建築物般精緻，每個小環節都經過細膩的計算。除了對魔術式的深度理解力之外，還必須具備以細絲穿過針孔般的縝密魔力操作技術，才有辦法施展結界術。

正因路易斯在這兩方面能力的水準都居高不下，才能以最少的魔力打造最適合的結界。這是莫妮卡模仿不來的技術。

就在莫妮卡不經意地觀察路易斯的結界術時，路易斯轉頭望向了書櫃。

「那麼，來把結束封印作業的書，擺回書櫃去吧。」

「好的……」

路易斯一派輕鬆地抬起了桌面上的書山。他的體格真要說起來較偏纖瘦，可畢竟所屬於魔法兵團，臂力與體力都不是莫妮卡能夠與之相比。

光是五本厚重的書，弱不禁風的莫妮卡就抬得手都在痛了。

（嗚嗚，好重……）

用風系魔術代勞當然是個辦法，不過考慮到封印作業還得繼續，現在還是盡量節省魔力比較好。

顫抖著有如小樹枝般的瘦弱手臂，莫妮卡將書一本本擺回書櫃。

就這麼在桌面與書櫃間往返一會兒之後，一道嗅聲自背後響起。

「……嗳。」

是雷所發出的，彷彿隨時會隨風而逝，聲若蚊蠅又陰森的嗓音。

原本還以為是在向路易斯搭話，但雷那雙粉紅色的瞳孔顯然是注視著莫妮卡。

莫妮卡反射性將手邊的書抱上胸前，變得渾身僵硬。

雖然同是七賢人，但莫妮卡根本沒跟雷有過什麼像樣的對話。

「噫、噫噫。請問有，什麼事嗎……」

面對緊張到直打哆嗦的莫妮卡，雷以陰沉的聲音問道：

「我想請教下〈沉默魔女〉……一般而言，咒術書都不會給人好印象對吧？」

咒術書乃是記載咒術施展方式的物品，咒術書本身並沒有受到詛咒。與魔術書一樣被歸類為書本。

這次之所以會把雷找來一起作業，就是為了修復咒術書。

咒術與魔術雖然相似，卻是完全不同的東西，術式的系統也大相逕庭。自然地，咒術書的修復也絕非人人都能夠勝任。

正因如此，七賢人中唯一頂著咒術師頭銜的雷才非來不可。

「一般都覺得咒術書很陰森對吧，光是持有就感覺會被詛咒之類的。」

「不、不好意思。這方面我不是，很明掰……」

「如果改成這種封面……女生看了會不會開心？」

說著說著，雷展示出一本書。

那是經過雷修復封面的咒術書。方才稍微瞄到時，封面還是一片暗紅色，差點讓人以為是半乾的血跡，現在則貼上了完全不同的封皮。

淡粉紅色的封皮上，畫了一位在胸前抱有花束的可愛少女。

最令人震撼的是書名。原本的《咒術入門》被改成了《第一次的魔咒》。

封皮使用的紙張與顏料都是用來修復魔導書的專門用具，是以賦予魔力的植物或礦石加工製成，要價非凡的高級品。

如此不惜重本繪製而成的，充滿緞帶與花朵的封面，看得莫妮卡頓失言語。

莫妮卡一臉僵硬地呆站原地，這時，正在收拾書本的路易斯停下手上的作業，露出發自內心感到無關緊要的表情開口：

「你是打算示範什麼叫無謂的努力嗎？」

「別說什麼無謂！明、明明就很可愛吧～？我是看這間圖書館的來館名簿那麼可愛，才用類似風格下去修改的……想說這樣的話，女生應該也會比較願意翻閱，才對……」

看來這張走可愛路線的封面，是雷為了改善咒術給人的印象，以自己的方式奮鬥的成果。

可是，這要說是在修復封皮，又實在矯枉過正了，根本已經像是不同刊物。

莫妮卡戰戰兢兢地插嘴。

「那個，寫這本書的人，看了不會生氣嗎……」

「作者，是我。」

「可是，圖書館館方人員恐怕會傷腦筋……」

一旦更動了書名，就會與館藏清單的資料有出入。

聽到莫妮卡這麼指正，雷稍作沉思之後，怦地敲了下手掌。

「那～就把書名改成《咒術入門～第一次的魔咒～》吧……只要把咒術入門的字體縮小，就可以蒙混過去……呵呵。這樣一來，咒術很噁心啦～很陰森之類的偏見應該就會消失了……」

聞言，莫妮卡鄭重其事地仔細觀察雷重新繪製的封面。

雷似乎對畫圖頗有心得，他繪製的封面圖筆觸纖細，構圖可愛又動人。

……但，不管封面再怎麼可愛，這依舊是一本咒術指南書。

路易斯傻眼地用鼻子哼了一聲。

「咒術書什麼的，不就是記載怎麼讓別人不幸的書嗎？這種書，把封面弄可愛又能怎麼樣。」

「別、別小看咒術……在咒術裡頭，也是有能夠提升自我肯定感的詛咒的！」

「喔～？能夠靠詛咒提升自我肯定感？具體而言是怎麼提升？」

聽到路易斯這麼問，雷揚起了嘴角，露出一抹很有邪惡咒術師風格的笑容。

然後使勁賣足了關子，才緩緩道出：

「聽了可別嚇破膽。提升自我肯定感的詛咒……那就是，讓別人襪子破洞的詛咒！」

路易斯不發一語就坐，默默著手處理原先中斷的封印作業。

這種「連繼續聽下去的價值都沒有」的態度，令雷忍不住敲起桌子嚷嚷。

「給我聽到最後啊～！」

「是是是。」

雖然對路易斯這種敷衍的回應露出不服氣的表情，雷還是轉頭望向莫妮卡，得意洋洋地解說起來。

「在討厭的傢伙襪子開個洞，就可以藉由『那傢伙穿的是破襪，而我的不是』來提升自我肯定感……這就是遵循『咒術乃為了使人痛苦而存在』這則歐布萊特家家訓，在折磨他人的同時提升自我肯定感的詛咒……」

「呃——……」

莫妮卡為了該如何回應傷透腦筋，路易斯則一副打從心底覺得無聊的模樣咕噥起來。

「同期閣下，妳就老實明講吧。『有夠小家子氣』這樣。」

「不許說什麼小家子氣！其他還有很多託夢給被施術者，在夢裡騷擾對方的詛咒喔！……呵呵，因為是在夢中，平時說不出口的言論也可以放膽暢所欲言……」
「想說什麼當面說清楚不就得了。」
「就是因為辦不到，才會有咒術存在吧～～……！」
雷發自內心忿忿不平地猛捶桌子。
路易斯不耐地伸手按住搖晃的墨水瓶。
「別敲了行嗎。墨水會濺出來的。」
「女生不都喜歡許願之類的魔咒嗎～～！既然如此，連咒術一起喜歡也沒關係吧……！」
聽雷這麼嘶吼，莫妮卡感覺有點困擾。
說到底，莫妮卡對許願式魔咒原本就沒興趣。真要說，能夠用術式來解說的咒術，還更令莫妮卡感到耐人尋味。
就在莫妮卡忸忸怩怩搓指頭不知所措時，握著羽毛筆書寫的路易斯又低聲接起了話。
「許願式魔咒的話，在我學生時代也流行過呢。真懷念。」
路易斯與莫妮卡同樣是魔術師養成機構米妮瓦出身。
米妮瓦的學生們明明身為見習魔術師，卻對有效與否都令人存疑的魔咒感興趣，這對莫妮卡而言實在甚感意外。
「當年在米妮瓦，也流行過魔咒，嗎？」
平時基本上都窩在研究室的莫妮卡，是在未觸及一切學生間流行事物的狀況下跳級畢業的，所以實在沒什麼頭緒。
見莫妮卡歪頭不解，路易斯停下正在書寫的手，望向莫妮卡說道：

「不僅限於米妮瓦，魔咒這種東西在年輕人之間都很流行喔。好比在花朵飾品滴上朝露就成為帶來好運的護身符，或是用藍色墨水寫情書就能兩情相悅等等……現在在學的同學或許也都還流傳著喔？」

（在花朵飾品滴朝露？用藍色墨水寫情書？）

理所當然，這種魔咒莫妮卡聽都沒聽過。

莫妮卡雙手抱胸，皺眉沉思起來。

「要賦予魔力的話，比起朝露，用純水應該來得更好。至於情書，如果是以魔導書專用的墨水寫下精神干涉術式也就罷了，純粹用藍色墨水寫情書就能兩情相悅的理由，我實在想不出來。」

聽到莫妮卡以魔術師角度道出的見解，路易斯輕輕聳肩，笑著回應：

「想準備朝露不是挺麻煩的嗎，然後藍色墨水是高級品嘛？這兩者的精神都是透過有別於平時的特別手段或材料，來提升自我肯定感。說穿了就是心情問題啦，心情問題。」

「喔……」

透過有別於平時的特別手段或材料，來提升自我肯定感——莫妮卡無法理解這種心情。與其將精神寄託在這種不確定的事物上，專心思考算式，讓內心沉著下來不是更好嗎。

（魔咒……想必，是一輩子都與我無緣的東西吧。）

在內心低語之後，莫妮卡慢吞吞地重新展開作業。

「話說回來，咒術師閣下。」

路易斯邊書寫邊喚道。

整個人趴在桌面上的雷沒有動作，只轉動眼珠用力瞪向路易斯。

「我現在內心正受傷……謾罵我不想聽……」

「說到底，咒術書應該是必須經過申請許可才能閱讀的專門書籍吧。一般書籍也就罷了，這種只有少數人能夠閱覽的專門書籍，把封面換成少女取向的內容，難道不是無意義到沒命的事情？」

一針見血的大道理。然後，大道裡有時候就是種比謾罵更殘酷，更令人搥心肝的東西。

只見雷有如吐血般「咕啊」一聲，趴在桌面上再也沒有動靜。

「那、那個，路易斯先生……」

「同期閣下，可以請妳幫我把這邊的書擺回架上嗎？」

路易斯已經看都不看雷一眼，專心把施了封印的書一本一本疊高。

於是莫妮卡不發一語抱起了書，起步朝書櫃走去。

「嘿～～咻……呼～」

把懷裡的最後一本書擺回書櫃後，莫妮卡擦了擦額頭的汗水，仔細掃視一遍架上的書本。

莫妮卡在擺書的時候有一種壞習慣，就是會想按照內心獨自的規則排序，不過現在有克制自己，好好按作者名稱順序擺放。

好想改個順序喔～暗自蠢蠢欲動的莫妮卡朝書櫃望著望著，忽然感受到一股不協調感。

（這是怎麼回事？總覺得，好像跟剛剛那個書櫃不太一樣……）

後退幾步俯瞰全體書櫃後，立刻明白了這股不協調感的由來。

擺在房間右側的五座書櫃，前方四櫃都是十層架，就只有最裡面的這櫃是九層。

（明明每座書櫃大小都一樣，為什麼就只有裡面這座書櫃少一層呢？）

同樣尺寸的書櫃，如果減少了層數，每層可容納的高度當然就會高一些。可是，最裡頭這個書櫃也沒有擺放特別大尺寸的書籍。

如果，這個書櫃裡頭塞了滿滿的書本，莫妮卡大概就會把這股不協調感拋在腦後吧。

但現在正處於魔導書的封印作業途中，架上幾乎是淨空的。所以莫妮卡注意到了。

最裡頭這個書櫃，在最下層的背板上，有一道不自然的接縫與溝孔。溝孔的大小，正好適合讓一根指頭勾進去。

（這個書櫃被設置成剛好服貼在房間的右後方角落……那就是說……）

莫妮卡將手指伸進溝孔，勾住書櫃的背板一扯，背板隨即順著施力的方向滑動。

一如莫妮卡所料，側向滑動的背板所遮蔽的，是一處隱藏空間。空間內一片漆黑，完全看不見裡面有什麼東西。

「同期閣下，妳在做什麼？」

看到把臉頰貼在地上，朝書櫃最下層伸手摸索的莫妮卡，路易斯顯得一臉狐疑。

「路易斯先生，這後面有個不自然的空間……」

話還沒全部講完，莫妮卡的右手就被某種物體纏了上來。

在內心浮現「咦？」的瞬間，莫妮卡就彷彿被纏上右手的某物體給拖走一般，掉進了書櫃的後方。

（咦咦咦咦咦咦？怎麼？怎麼？怎麼回事～～？）

即使莫妮卡擁有再高強的計算能力，在混亂狀況下終究沒辦法正確構築魔術式，無詠唱魔術自然也無用武之地。

（這是什麼，這是什麼，這是什麼啊啊啊？）

感受得到的，除了右手腕的拉扯感之外，還有浮游感。莫妮卡正朝著某處墜落。

就連想尖叫都發不出聲音來的莫妮卡，聽到了一陣來自頭頂的詠唱聲，是路易斯在展開飛行魔術的詠唱。

「同期閣下！」

下一瞬間，莫妮卡就被某人從背後粗魯地揪住長袍。那位某人——發動了飛行魔術的路易斯，看來是為了救莫妮卡，而跟著一起跳進書櫃下層。

周圍一片黑暗，完全不曉得現在處於何種狀態，唯一明白的，就只有路易斯正揪著莫妮卡的長袍，用飛行魔術讓兩人一起靜止在半空中。

「路、路、路易斯，先生……」

「照明。」

「耗的——！」

莫妮卡以無詠唱魔術在自己的指尖燃起小小的火焰。

接著，纏繞著莫妮卡右手腕的不明物體，出現有如被火驅趕的反應，開始迅速縮退。

「這是……植物的，藤蔓？」

說著說著，莫妮卡稍稍加強指尖的火勢，把周圍一起照亮。

要是以建築物來比喻，莫妮卡與路易斯現在身處的，是足足有三層樓高的空間。兩人就靜止在大約一樓半的高度。

莫妮卡以魔術生成的畢竟只是小火苗，沒辦法看清楚整體面貌，但這空間實在大得不自然。至少，已經比莫妮卡等人方才進行封印作業的房間大上許多。

然後就像要把地面整個填滿似的，大量類似植物藤蔓與樹根的物體不停在地上蠢動。

除了方才纏住莫妮卡手腕的細長藤蔓之外，也有比成人手臂還粗的巨大蔓條與樹根。這些枝條在地面上緩緩蠢動的光景，令人不由得聯想到滿地蠕動的蛇。

路易斯提起被揪著長袍搖晃的莫妮卡，一把夾在腰間抱穩，咂了咂嘴。

「蘊含魔力而肥大化的植物……給人非常非常不祥的預感呢～同期閣下，有辦法再稍微擴大照明的範圍嗎？」

聞言，莫妮卡點點頭加強火勢，讓火光照得更遠。

這個空間，原本相信是一間隱藏式的小房間吧。至少規模應該只是從書櫃後頭著地也不至於受傷的程度。有些地方還可以看到殘留的人造物痕跡。

結果在這群植物不顧一切的挖掘之下，小房間變成了如此廣闊的空間。

「我要發動感測魔術。請妳維持照明。有攻擊來就立刻處理。」

簡短發出指示之後，路易斯展開了詠唱。一如指示所言，是感測魔術。

一般而言，魔術師能同時維持的魔術數量以兩道為限。路易斯現在已經發動了飛行魔術，所以若再使用感測魔術，就無法施展其他魔術了。

換言之，在這期間維持照明與負責防禦，是莫妮卡的工作。

也不清楚植物們是否將莫妮卡與路易斯辨識為敵人，只見部分藤蔓開始朝兩人延伸。

被路易斯抱在腰間，姿勢不安定的莫妮卡，以無詠唱魔術生成風刃，淡然地切斷藤蔓。

（……藤蔓比想像中還硬。果然蘊含著魔力。）

在莫妮卡處理掉十幾條藤蔓後，路易斯開了口。

「找到了。那邊……那棵樹在樹根的位置有強烈魔力反應。」
恐怕存在於該處的某種物體，就是導致這個狀況的元凶吧。
現在的問題在於，沒辦法隨隨便便發起攻擊。
要是那兒的物體真面目一如莫妮卡所料，動手破壞就會確實地令事態惡化。路易斯大概也清楚這點吧。他正一臉嚴肅地，緊緊盯著覆蓋地面的大群藤蔓。
「那麼，該怎麼處理才好呢……先離開一次重振旗鼓嗎。」
路易斯才剛咕噥完，兩人頭上便傳來一陣「喔啊啊啊啊？」的哀號聲。是雷的聲音。
仰頭一看，莫妮卡這才注意到，已經有幾條藤蔓穿過莫妮卡掉進來的洞口，伸進了圖書館內。
不久，被藤蔓捉住的雷，從洞口被拖著拖著摔了下來。
雷並沒就這麼摔落地面，而是被纏住身體的藤蔓吊在半空中晃來晃去。
「這、這是怎麼回事……難道說，我有吸引植物愛情的天分嗎……植、植物愛我？這些植物愛上我了嗎！」
莫妮卡頓時不知如何開口。
雖然雷雙眼閃耀著期待的光芒，但這不管怎麼看，都只像是正要遭到捕食的景象。
路易斯傻眼地長嘆一口氣。
「那個人，思考意外地正面呢。在別人的襪子開洞來提升自我肯定感什麼的，我看根本是多此一舉吧？」
「呃——……那個，得快點救他……」
正打算以無詠唱魔術生成風刃，路易斯卻制止了莫妮卡，出聲向雷喊話。

「咒術師閣下。很遺憾地並沒有東西愛你。可憐的你，是在被那些植物捕食。」
「沒、沒有東西愛我……我、我我我我，原來是被玩弄了嗎！」
被植物玩弄的男人，恨恨地瞪向正緊緊束縛自己的藤蔓，低聲呻吟起來。
「還以為你們是愛我的……虧我這麼相信你們……我恨我恨我恨我恨你們這群玩弄我的植物……詛咒你們詛咒你們吃我的詛咒～～～～！」
雷念念有詞地快速詠唱起來，隨後，他左臉的紋路便發出紫色的亮光，滑溜地飄升至半空中。
接著，紋路服貼到束縛著雷的藤蔓上，開始如細長血管般延伸，逐漸侵蝕藤蔓。
「既然不愛我，就從此別再開花結果，枯萎凋零吧。」
束縛著雷的藤蔓即刻萎縮，顏色也變成茶色。
失去了藤蔓的束縛，原本在半空中搖晃的雷就這麼順勢摔進藤蔓叢。
然後，咒印這次以雷摔落的地點為中心向四面八方展開侵蝕，藤蔓一條接一條陸續枯萎。
面對這種惡夢般的光景，路易斯銘感五內地道出：
「咒術師閣下果然還是在這種被扔進敵陣的時候，最能夠發光發熱啊～」
這個人，到底把同僚當作什麼呀。
待莫妮卡小小「噫噫……」了一聲，路易斯又按住他的單邊眼鏡繼續接話。
「那麼，差不多該去回收咒術師閣下了。同期閣下，剩下那些藤蔓就麻煩妳處理處理。」
「好、好的……」
原本長滿地面的植物，在雷發威之下已經枯萎了三成。還沒枯萎的部分，動作也變得遲鈍許多。
維持著單手抱住莫妮卡的姿勢，路易斯以飛行魔術朝樹根集中的場所急速降落。

植物們有如發起最後的抵抗，將藤蔓朝路易斯延展，但也慘遭莫妮卡操作的風刃切碎。

「砍樹根，前面那兩條。」

聞言，莫妮卡開始瞄準路易斯所指定的樹根。

莫妮卡現在正維持著照明用的火焰。所以，能夠同時使用的魔術只剩下一道。絕對不能落空。

（座標軸沒問題。從估算魔力含有量導出的強度大約是……）

根據藤蔓所含有的魔力量，莫妮卡算出樹根的強度，再配合計算結果調整風刃的威力。

想純粹以高威力魔術砸下去當然不是難事。可是，這樣很可能會把樹根下的物體一起破壞掉。

（……就照這樣。）

莫妮卡所施放的風刃，精準無比地只把路易斯所指定的樹根切得四分五裂。

路易斯揚起嘴角，露出猙獰的笑容。

「好本事。」

維持左手抱著莫妮卡的姿勢，路易斯伸出右手探進樹根殘骸內摸索一番，接著揪住某種物體，將其硬生生扯出殘骸。

路易斯揪在手上的，是一本包著黑皮書衣的魔導書，封面還箔印了一道魔法陣。年代似乎已久，四處都存在大小損傷，封面的魔法陣也有不少擦痕。

快速詠唱發動封印結界的路易斯，指尖所釋放的魔力變形成金色鎖鏈，重重包覆起黑色魔導書。這些圍繞書本的鎖鏈，每條每條都是由魔術式所構成的堅固結界。

不久，緊密服貼在魔導書上的鏈條，逐一融入魔導書內消失。只剩下構成這些鎖鏈的魔術式，淡淡地浮現在魔導書表面。

「封印完成。」

語畢，藤蔓與樹根頓時脫力，啪噠啪噠地墜落地面。

失去魔力的植物就這麼被雷的詛咒給侵蝕，輕描淡寫地枯萎四散。

＊＊＊

從滿是植物殘骸的祕密空間回到原本房間的三人，各自找了椅子就坐。

體力不支的莫妮卡與雷顯得十分疲憊，路易斯則擺出一如往常的態度檢查黑色魔導書。

用下巴靠在桌面上的雷，粉紅色的眼珠靈活地轉了轉，狠瞪著魔導書開口。

「始作俑者就是那本書吧，結果，那到底是什麼來路。」

「文字有部分已經磨損了，不過作者名還能夠辨識……作者——蕾貝卡．羅斯堡。」

聽到路易斯道出的名號，雷與莫妮卡都不禁瞪大了眼睛。

「那不是初代的〈荊棘魔女〉嗎！」

「咦，咦？原來是這麼厲害的魔導書嗎？」

初代〈荊棘魔女〉蕾貝卡．羅斯堡，在利迪爾王國是無人不知無人不曉的傳奇大魔女。

專長是操縱植物，她所操縱的薔薇被稱為食人薔薇要塞，據說曾經有人數破千的軍勢成為她薔薇下的亡魂。

〈荊棘魔女〉出身的羅斯堡家，至今仍是利迪爾王國的魔術師名門，凡是提到七賢人的成員，羅斯堡家當家基本上不會缺席。

當今自然也不例外，現任七賢人之一，正是第五代的〈荊棘魔女〉。

「那個，路易斯先生……初代〈荊棘魔女〉大人的魔導書，不是應該十分貴重嗎……」

莫妮卡小小聲問道。路易斯點了點頭回應：

「恐怕，是管理這所圖書館的家族成員中，有人趁著魔導書熱潮流行時弄到手的吧……而且是，透過違法管道。」

聽到這個推測，莫妮卡便大致明白了事情的經緯。

持有者從違法途徑得到這本魔導書之後，對魔導書施加封印結界，偷偷藏在圖書館內。

但，負責管理這所海姆茲・納里亞圖書館的一族血脈已斷絕。

持有者是否真為管理者一族中的成員，事到如今不得而知。只是，知道祕密房間內藏有這本魔導書的人，已經一個都不存在了。

就這樣，隨著歲月流逝，魔導書的封印結界逐漸劣化。

「這本魔導書，八成是記載植物操控相關魔術的魔導書吧。那些魔術式因封印劣化外洩，對祕密房間周邊的植物產生了影響。」

說到這裡，路易斯聳了聳肩。

「前來這所圖書館的路上，不是有條路被土石流堵塞嗎？我猜，那應該也是這些植物搞的鬼。再怎麼說，這些樹根看起來就四通八達的。」

祕密房間的格局在植物的層層深掘下，變得明顯比原本設計的大上許多。想必是在這個挖掘的過程中，波及了圖書館周邊的土地與植物。

聞言，雷忍不住皺起了鼻頭。

「怎、怎麼有這麼給人找麻煩的魔導書。」

「給人找麻煩的，是沒有好好管理魔導書的傢伙。要不是八成已經作古，這會兒非去要求對方支付封印手續費與精神賠償不可……唉～」

路易斯不甘願地長嘆一口大氣。

畢竟，就算想請求手續費與賠償，魔導書的持有者與管理圖書館的一族都已經不在人世了。

初代〈荊棘魔女〉的魔導書並沒有列在海姆茲．納里亞圖書館的館藏清單上。現任館長即使知情，肯定也只會三緘其口，主張自己一無所知吧。

路易斯用指頭沿著浮現在魔導書表面的封印術式摸了摸。他方才施加的是詠唱文句短，能夠快速施展，但持續時間也相對不長的簡易封印。既已得知這是初代〈荊棘魔女〉的魔導書，當然必須重新施加最高位的封印。

「重下最高位的封印，再對祕密房間也施加保存現場的封印，然後製作這次事件的報告書……」

掐指算起新增加的工作，路易斯轉頭望向牆壁上的時鐘。

現在時刻已經逼近黃昏，但魔導書的封印作業還剩下一半以上。

「事已至此，今天只好通宵趕工了。我去向圖書館負責人申請許可，兩位請稍等一下。」

「為啥連我也得……」

「不是說過了嗎。明天，我要去約會啊。」

單邊眼鏡底下，路易斯的眼中閃爍著火藥味十足的光芒。

這種不由分說的魄力，讓莫妮卡與雷都默默地再度開工。

位於森林中的海姆茲．納里亞圖書館，每到清晨，就可以聽見四處響起的野鳥鳴叫聲。
就在夏日清早令人心曠神怡的涼爽氣溫中，莫妮卡聽著野鳥的合唱，放下了手中的羽毛筆。
「最後一本，處理，完畢了～……」
「我也，修復完畢……」
莫妮卡與雷如此交互開口時，路易斯也完成了最後一本的封印，放下手中的法杖。
然後，他就這麼向後癱在椅背上，以滿是黑眼圈的雙眼仰望天花板。
「封印完成……這樣就趕得上約會了。」
「那個～路易斯先生。請問你是幾點要約會，呢？」
聽到莫妮卡提問，路易斯挺起靠在椅背上的身體回答。
「正午，在王都利路塔利亞公園的噴水池前碰面。」
「唔噫？那、那不就……已經趕不及了嗎……」
從海姆茲．納里亞圖書館前往王都，就算快馬加鞭趕路，太陽下山前也不可能抵達，搭馬車就更不用說了。
但路易斯卻揚起嘴角，哼哼哼地笑了起來。
「就是預料到可能有這種事，我早就通知咱家的契約精靈過來待命了。」
路易斯是少數與風系高位精靈簽有契約的魔術師。
飛行魔術消耗魔力的程度激烈，人類無法長時間使用，但若是風系高位精靈，想把路易斯送往王都相信也只是小事一樁。

路易斯從懷裡掏出一只祖母綠寶石戒指。隱約可見寶石中浮現著魔術式，那是與精靈簽訂契約的契約石。

路易斯舉起戒指，快速詠唱起來。

「——遵從我等之契約，即刻前來吧。風靈琳姿貝兒菲！」

就好似在回應路易斯的呼喚，一陣風突然自窗口颳進。

這陣夾帶魔力的風，纏繞著無數黃綠色的光點。

浮在這陣風裡的，正是路易斯的契約精靈——所留下的紙條。

一盪一盪地飄落的紙條上，用不怎麼工整的字體寫著下列文句：

『日前已學到人類文化中存在著所謂的休假，有鑑於此，目前正嘗試實踐中。

將有約一週的時間不會回來，特此聲明。

琳姿貝兒菲』

幾道青筋浮現在路易斯的太陽穴。

「那～～～個，廢女僕————！」

將紙條揉成一團，猛力砸進字紙簍之後，路易斯握起法杖，以驚人之勢開始詠唱。

聽見詠唱內容的莫妮卡跟雷，驚訝地瞪大了雙眼。

「路易斯先生，難、難道你要，用飛行魔術……？」

「再怎麼想，都太亂來了吧？憑人類的魔力，絕對撐不到王都啦！」
在解開長袍前襟以利活動的同時，路易斯起腳跨上窗台說道：
「為了自己迷上的女人，這點小意思，根本算不上什麼亂來。」
三股辮如尾巴般隨風擺動，路易斯自窗台起飛離去。
目送路易斯的身影消失在清晨的上空，雷忍不住小聲咕噥：
「可惡……這台詞，有朝一日我也想說……」

就這樣，路易斯．米萊以幾乎要突破長距離飛行紀錄的氣勢用飛行魔術一路猛飛，雖然勉強壓線趕到了約會地點，卻也在最後的最後耗盡魔力，墜落到約好碰面的噴水池裡頭。
據說那位心胸寬大的未婚妻，雖然為了這種亂來的行徑大發雷霆，卻也同時不辭辛勞地照護耗盡魔力的他。

✶ 幕間　為妳獻上由朝露帶來的幸運

「哈啾！」

為了與未婚妻約會強行施展飛行魔術，結果耗盡魔力，墜落噴水池的〈結界魔術師〉路易斯・米萊正於自家的沙發上打噴嚏。

那之後，耗盡魔力搖搖晃晃爬出噴水池的路易斯，被未婚妻親手帶回自家，不由分說地剝光濕透的長袍，換上了乾爽的衣物。

未婚妻當時手腳俐落的模樣，完完全全就像在整治不聽話的病患。事實上，他的未婚妻的確就是醫生。

路易斯在沙發上吸著鼻子時，將一頭焦茶色頭髮整齊束起的女性回到了房內。她正是路易斯最心愛的未婚妻——蘿莎莉。

蘿莎莉手上帶著乾布返回，開始用強勁的力道不停擦拭路易斯的頭髮。

「那個，蘿莎莉，這樣好痛，那個——」

「等頭髮乾了，你最好躺下休息一段時間。魔力缺乏症，有時候是會引起嚴重後遺症的……」

「不用擔心啦。我有自信就算耗盡魔力，同樣可以活蹦亂跳的。」

「醫生的勸告要認真聽。」

路易斯的未婚妻雖然心胸寬大，對患者卻無比嚴厲。她現在投向路易斯的眼神，並不是看待戀人，而是看待病患的眼神。

啊啊，明明是難得的約會說！

（而且，今天還是……）

路易斯以充滿期待的眼神，一瞥一瞥地望向未婚妻。

「今天，是我的生日喔。」

「是呀，生日快樂。」

「……」

「生日禮物，是剛剛拿來幫你擦身體的手帕。等之後洗過晾乾了再給你。」

雖然各地風情習俗略有出入，但說起生日，就是該與家族或戀人一起慶祝。然後，如果是要好的朋友，應該多少會贈送些花啦點心啊之類的小禮吧。

事前就約好要在生日當天約會，所以滿心期待能享受甜甜蜜蜜的氣氛，現實卻是被當成病患對待。再這樣下去，恐怕連餐點都會端出病患專用餐了。

該怎麼樣才能打動這個正經八百的女朋友呢，路易斯在沙發上雙手抱胸拚命思考。這時，蘿莎莉往旁邊坐了下來。

「大腿枕對患者而言，頭的位置太高，我覺得化解疲勞的效果有限。」

所以乖乖到床上躺去——是這個意思嗎。

面對一語不發的路易斯，蘿莎莉輕聲細語地接話。

「但是，如果你願意那樣休息……我倒也不會吝於，提供大腿給你。」

蘿莎莉的耳朵，顯得稍稍有點泛紅。

路易斯死命壓下內心想順勢抱緊戀人的衝動。
要是在這裡動手擁抱，肯定會被不容辯解地推到床上去。
「那麼，就容我恭敬不如從命。」
將腦袋擺到蘿莎莉腿上的路易斯，仰望著蘿莎莉時，發現她的側髮別著一只小小的髮夾。
低調地鑲有花朵造型的那只髮夾，是路易斯在學生時代，送給蘿莎莉的禮物。
「那只髮夾——」
蘿莎莉什麼也沒說，伸手蓋住了路易斯的眼睛。
閉嘴乖乖睡覺——在這道無言的壓力之下，有更多的用意是想掩飾害羞，路易斯想這麼相信。
閉上雙眼，路易斯開始回想當時買下這只髮夾的情景。
——魔咒什麼的，根本就蠢斃了。
拋下這句話，在墨水店拾起藍色墨水瓶之後，忍不住為上頭標明的價格戰慄。
所以，還是學生的路易斯，卯足了九牛二虎之力瘋狂尋找朝露。
為了讓帶有花朵的飾品，滴上朝露成為幸運護身符。
「非常適合妳。」
抓住蓋著自己眼睛的未婚妻手腕，路易斯挪開那隻手掌，露出了一抹微笑。

事件 I

黑貓偵探沉迷推理

～不良少年少女的偷看書大作戰～

The black cat detective's

stray reasoning

賽蓮蒂亞學園的男生宿舍內，利迪爾王國第二王子菲利克斯．亞克．利迪爾正坐在自己房間的沙發上，過目一份又一份的大量文件。

文件內容有九成都與兩天前舉辦的校慶相關。

在校慶的過程中，雖然也發生了舞台事故等大小意外，但無論學生、教師或來賓，大致上都感到十分滿意。

那些作為來賓受邀的國內外重臣，也都藉由這次校慶打好了關係，所以菲利克斯的外祖父——克拉克福特公爵似乎也給出及格的評價。

當然，校慶結束後，菲利克斯要忙的事情依舊堆積如山。

好比下達為校慶善後的相關指示、替校慶中發生的各種問題進行後續處理、確認致謝函的內容、重新評估經費運用狀況等等。

賽蓮蒂亞學園從校慶隔天起，有為期兩天的假期供工作人員收拾善後。以菲利克斯為首的學生會幹部們，這兩天全數到校，為了善後工作四處奔波。

現在時刻是善後第二天的夜晚。

明天假期便告結束，又要一如往常開始授課。菲利克斯必須在那之前過目完畢的文件，多得數也數不清。

（致謝函的部分，交給艾利歐特和布莉吉特小姐應該就沒問題了。）

兩位學生會書記在社交界的人面都很廣，處世也圓滑，所以不但在校慶當天負責招待來賓，也受命製作邀請函、致謝函等文件。

艾利歐特文筆工整，字跡秀麗，布莉吉特則是精通外國語言，即使有他國來賓，也能接應自如。確認過兩人所寫的致謝函，裡頭巧妙地組織了校慶時交談過的內容，以及對方領地的相關話題，著實堪稱無可挑剔。

菲利克斯接著過目下一份文件。

（各部門部長與社團社長們提出的報告，都已經彙整完畢了嗎。不愧是希利爾，手腳真快。）

像這類報告，每年都會有部長或社長遲交，而希利爾不但提早四處打點收齊，還幫忙統整報告，讓菲利克斯閱讀起來節省不少心力。

正因為連那些愛擺架子的部長與社長都對希利爾信賴有加，才辦得到這種事。換成別人出馬絕對做不來。

至於校慶時發生的問題相關細節報告，總務尼爾都已經細心地製作成表單添作附件。

男爵家出身的尼爾，常被誤以為是學生會幹部中較沒地位的人，但身為〈調停者家系〉的一員，他在斡旋仲介與交涉談判方面的能力是有口皆碑的。

其他學生會幹部忽略掉的小細節，往往都是尼爾第一個注意到。

（有他在，果真是幫了大忙啊～）

讓尼爾接任下屆學生會長的各方面準備，或許該是時候開始打點了。

在腦袋角落浮現著這種想法，菲利克斯拿起了下一份文件。

整張紙面寫滿密密麻麻數字的這份文件，是會計報告書。

「……哇～」

驚嘆聲之所以會脫口而出，是因為報告書的內容不管怎麼想，都不是校慶過後短短兩天內做得出來的。

原本明明就交代，只要在校慶後過兩週再繳交即可，但負責製作這份文件的人物，恐怕是興高采烈地沉溺於計算，廢寢忘食完成了報告吧。

學生會會計莫妮卡・諾頓不但身懷強大的計算能力，還對數字情有獨鍾。

再怎麼說，她就連緊張時都不是背誦聖句禱告，而是不停默念算式，此外還曾用「身體呈黃金比例」這種嶄新的方式讚美過菲利克斯。

比起和菲利克斯談天，重審會計報告書更讓她來得幹勁十足，她就是這麼一個怪人。

（她這份能力，就這麼埋沒掉太可惜了。）

雖然很想為受到柯貝可伯爵與伯爵千金冷遇的莫妮卡出一分力，但柯貝可伯爵畢竟是東部的大貴族，來頭不小。

論軍事能力，柯貝可伯爵也是利迪爾王國內數一數二的佼佼者。即使身為王族，對方依然不是菲利克斯能夠隨隨便便干涉的對象。

（有沒有什麼辦法，能夠和柯貝可伯爵千金……和伊莎貝爾・諾頓小姐交流交流呢？）

想和伊莎貝爾打好關係的人，在這所賽蓮蒂亞學園內多如牛毛。菲利克斯自己也不例外。

截至目前為止，伊莎貝爾都以中立派的身分巧妙地應付各派人馬，既不親第一王子派，也不親第二王子派。

（我覺得，若是針對私人興趣話題，應該能與她相談甚歡。）

私人興趣——任憑興趣的具體內容在腦中馳騁，菲利克斯忍不住嘆了口氣。

這陣子為了校慶忙得分身乏術，連好好放鬆享受興趣的時間都沒有。

打從在柯拉普東鎮那晚，和莫妮卡一起在卡珊卓拉夫人之館過夜以後，他就一直沒好好讀過自己感興趣的書。

等這份工作處理完，就趁睡前稍微讀一下書吧——抱著這種想法，菲利克斯確認並拿起剩下的幾份文件。

最後這些文件與校慶無關。是國內某間知名圖書館即將廢館，因而想把部分館藏贈與賽蓮蒂亞學園的通知。

原本只是漫不經心地掃視寄贈清單，豈料菲利克斯忽然屏氣凝神，雙眼睜得老大。

「威爾！威爾！威爾迪安奴！不得了了！」

就好似在回應菲利克斯的呼喚，一隻白色小蜥蜴從上衣口袋裡探出頭來。

水系高位精靈威爾迪安奴仰著頭，用那雙幾近無色的淡水藍色眼珠望向菲利克斯，語調嚴肅地問道：

「發生什麼事了，主人？」

伸手靠近口袋，讓已經準備好應付緊急事態的威爾迪安奴爬到手背上之後，菲利克斯用手指朝清單上記載的書名開口。

「寄贈過來的館藏理頭，有〈沉默魔女〉……有艾瓦雷特女士的論文！」

「……」

白蜥蜴帶著欲言又止的眼神，不發一語地仰頭望向主人。

菲利克斯一副感慨萬千的模樣，臉頰染成薔薇色，滔滔不絕地繼續向威爾迪安奴說道：

「而且，這還是身為無詠唱魔術專家的〈沉默魔女〉言及短縮詠唱的論文！說起〈沉默魔女〉，最為人津津樂道的就是她對魔術式相關知識的涉獵之深，加上還創出好幾道嶄新的魔術式，這樣的她所提倡的魔術式短縮方法，身為〈沉默魔女〉的粉絲當然絕不能錯過，你不這麼認為嗎威爾迪安奴。」

「主人……那個，與魔術有關的書籍，主人你……」

聽到威爾迪安奴的進言，菲利克斯眉尾微微下垂，落寞地笑了起來。

「是啊，我明白。在圖書館借書是會留下紀錄的嘛。」

菲利克斯很清楚。自己在圖書館借閱過哪些書籍，外祖父克拉克福特公爵都會定期檢查紀錄。

被禁止修習魔術相關知識的菲利克斯，不能在這所校園借閱魔術書之類的刊物。要真做了這種事，肯定會立刻被克拉克福特公爵盯上。

只要還屈於克拉克福特公爵的權力下，菲利克斯就連挑選書本閱讀的自由都沒有。

（……即使如此，還是好想看。）

內心憧憬的對象筆下的著作，就存在於這所校園，存在於唾手可及之處。

若是不辦手續不外借，只待在架前偷看，或許就能避免留下紀錄。想是這麼想，但萬一在看書時給人撞見了，事情會非常不好收拾。

（不然看書的時候讓威爾迪安奴幫忙把風，有個萬一就靠幻術蒙混過去？……不，這也不成。）

收藏魔術書的第二圖書室，除了魔術書之外，也收藏了幾本魔導書。

魔術書通常記載魔術使用方式，分類上較偏向教材。魔導書則不同，魔導書屬於一種被賦予魔力的魔導具，因此設有結界，以避免受到精靈干涉。

只要這道結界還存在，威爾迪安奴就無法接近第二圖書室。

難道就沒有什麼辦法，能夠讓自己讀到憧憬之人的著作嗎——內心如此糾葛的菲利克斯，腦中隨即浮現的，是一位少女的身影。

「好，來去請求她的協助吧。」

「她？」

面對一臉狐疑提問的威爾迪安奴，菲利克斯故作調皮地眨了眨眼。

「我的不良拍檔。」

＊　＊　＊

受到從臉頰傳來的肉球Q彈觸感刺激，莫妮卡從沉睡中甦醒。

撐開沉重的眼皮，已經看慣的閣樓間天花板，以及低頭望著自己的金眼黑貓隨即映入眼簾。

黑貓——莫妮卡的使魔尼洛伸出前腳，貼在莫妮卡額頭，一臉得意地開口。

「『犯人，就是妳！』」

「……什麼的？」

莫妮卡磨磨蹭蹭地挺起身子問道。這時，正在床鋪旁待命的女僕服美女——琳立刻深深一鞠躬。

接著，這位化身為女僕的精靈操著有如在道早的語氣，向莫妮卡說：

「〈沉默魔女〉閣下……犯人就是妳，沒錯吧。」

「那個，所以說，犯人是指？」

琳拿起一本書，舉到一頭霧水的莫妮卡面前。

書名是《名偵探卡爾文‧阿爾科克的事件簿》。

「這本，是現在正流行的推理小說。」

原來如此，尼洛與琳現在大概正沉迷這本推理小說吧。沉迷到甚至拉了睡眼惺忪的莫妮卡一起扮這種偵探家家酒。

「莫妮卡妳知道嗎，偵探真的是帥斃了！不管多複雜的事件，只要偵探出馬，三兩下就用那卓越的頭腦輕鬆解決啦！」

「嗯——……」

雖然尼洛似乎對偵探抱有不少憧憬，但據莫妮卡所知，所謂偵探，就是情報販子的一種。

調查另一半是否出軌，或幫人尋找家貓等等，專門受人僱用去調查私事，就是莫妮卡對偵探這行業的認知，不過這本推理小說中登場的偵探卡爾文‧阿爾科克氏，似乎漂亮地解決了原本該由憲兵團解決的案子。

「大富豪宅邸內發生一起殺人事件，被害者在密室內遭人刺穿胸口而死，但就連凶器的下落都教人毫無頭緒！」

尼洛激昂地描述消失的凶器與密室殺人之謎。

慢條斯理地更衣的莫妮卡，只是帶著興趣缺缺的語調回應。

「是不是用遠端魔術操縱風箭呀。」

「嫌疑犯中沒有魔術師喔。」

「那應該是用飛行魔術逃離了吧？」

「所以說，就沒有魔術師登場嘛！」

「不然是用魔導具……」
「也沒有這種的！」
「犯人是精靈……」
「犯人是人類啦。那傢伙可是絞盡腦汁設計了驚人的詭計啊，手法就是……」
就在尼洛打算講解行凶手法時，琳俐落地抱起了尼洛。
「不可以，黑貓閣下。把推理小說的詭計說破，這種行為會令尚未閱讀的讀者樂趣盡失。」
「原來如此，沒錯喵。」
尼洛舉起前腳遮住自己的嘴巴。
就莫妮卡而言，自己對推理小說並不感興趣，也沒有預定要讀，所以在這裡聽尼洛破解詭計其實也無妨。
「如果犯人不會用魔術，僱一位會用魔術的人就好了吧。」
聽到正在披波麗洛上衣的莫妮卡這麼接話，尼洛顯得傻眼無比。
「我說妳啊……推理小說這種東西，就是要鬥智拚詭計才好看吧。」
「可是，刻意大費周章用那麼機關算盡的詭計犯案，我覺得很不合理嘛……」
「不合理，是嗎～……」
一副話中有話的模樣，尼洛朝桌子瞥了瞥。
莫妮卡沒再答理尼洛，開始綁頭髮整理儀容。
校慶的善後期間已經結束，今天起要回復正常授課了。沒辦法太過悠哉。
「我去裝水回來喔。」

向尼洛與琳留下這句話，莫妮卡打開了連通樓梯的門。

待莫妮卡離開閣樓間以後，尼洛與琳望向彼此。

「那個很不合理對吧。」

「是的，完全不合理。」

推理小說《名偵探卡爾文·阿爾科克的事件簿》中，名偵探是這麼說的。

——無論是多小的事情，都不可疏忽潛伏在日常生活中的不協調感。犯人真正的意圖，就隱藏在你們所感受到的不合理之下。

尼洛縱身一跳，身輕如燕地躍上桌子。

在校慶之前與之後，這間閣樓間出現了兩點決定性的不同。

一是桌面上，被插在瓶裡的白薔薇。

「這朵薔薇我有印象。這是校慶時，〈沉默魔女〉閣下別在身上的物品。」

「這麼一提，上頭還綁了這條緞帶嘛。」

棘刺被削平的白薔薇，在莖上綁了一條藍色的緞帶。

在校慶當天帶回來的這朵薔薇，莫妮卡插進了玻璃瓶擺在桌上裝飾。之所以會特地出去裝水，就是為了要幫這只玻璃瓶換水。

一般都認為，以魔術精製的水因為含有魔力，不適合用在飲食方面。也因為同樣的理由，拿來給植物澆水並不妥當。

不過莫妮卡平常在自己飲用時並未特別在意，都用魔術生成的水來泡咖啡。
這樣的莫妮卡，卻只為了這朵薔薇，特地出門去裝水。
就尼洛所知，莫妮卡並不是什麼詩情畫意到會拿花瓶插花賞玩的人。
以前尼洛一時興起摘了些花回家，結果莫妮卡看也沒看幾眼，就拿去吊在玄關當成驅蟲的藥草。
如此不解風情的莫妮卡竟然會把薔薇擺在房裡裝飾，事情絕對不單純。
然後，還有另一個校慶前不存在的東西。
就是幾朵用麻繩束著吊在窗邊的白花。
「這啥花來著？本大爺對花的名字沒太多研究啊。」
「我也不是那麼清楚，但這似乎並非出自花壇，而是野花的樣子。」
一如琳所言，窗邊吊著的盡是些樸素的野花。
顏色清一色都是白的，不過外型五花八門。有花瓣呈放射狀分布的，也有整體呈吊鐘型的。
這些都是校慶後趁善後的兩天假期間，莫妮卡從某處摘回來的。
妳把那種東西吊著幹嘛？聽到尼洛這麼詢問時，莫妮卡的回答是「要把這些晾乾」。
「本大爺原本啊，是以為她要吊些驅蟲的藥草。可這些花呢，給人一種不是這麼回事的感覺喔。」
「的確。尤其現在冬日將近，是昆蟲偏少的季節。難以想像吊著這些的意圖會是驅蟲。」
校慶後，呵護不已地插在瓶裡的白薔薇，以及吊在窗邊乾燥中的白色野花。
這些不似莫妮卡作風，充滿不合理跡象的事實究竟意味著什麼？
「有事件的味道呢。」
「沒錯，肯定有事。」

只要老實向莫妮卡開口問，就能得到解答，兩人當然很清楚這點，但現在想要的就是能夠扮演偵探來破解的事件。

尼洛靈巧地用前腳抱胸，露出一抹微笑。

「既然發生事件，就輪到偵探出馬了對吧？」

「讓能幹的女僕長擔任助手不知您意下如何，偵探閣下？」

「黑貓偵探與女僕長助手。不錯嘛，感覺超強的。」

互相點頭示意之後，尼洛與琳打開窗戶，離開了閣樓間。

不一會兒，手上提著水壺返回的莫妮卡，一時之間為了不知去向的尼洛與琳感到歪頭不解，但又隨即認為八成是去散步吧，便逕自開始為白薔薇換水。

＊＊＊

歷經校慶後的兩天假期，開學後迎接的第一堂課是選修課。

當時莫妮卡選擇了棋藝與馬術，今天輪到的是馬術課。

久違換上騎馬裝的莫妮卡，今天也讓菲利克斯在身後協助，努力練習著騎馬的技術。

「真令人吃驚，比之前進步好多啊。」

背後傳來菲利克斯的讚嘆聲。

莫妮卡開心得差點按耐不住想上揚的嘴角。
雖不確定技術面是否有所成長，但至少跨在馬背上時，已不像之前那麼畏高了，這點是肯定的。
（有練習飛行魔術，真是太好了。）
最近這陣子，莫妮卡只要一有空，就會騎在掃把上練習飛行魔術。
即使飛行本身還稱不太上穩定，似乎也因為孜孜不倦的鍛鍊，稍微提升了莫妮卡的平衡感。
「該不會是有私下偷偷練習吧？」
「……呃——差不多，就是那種，感覺。」
靦腆答覆後，便見菲利克斯從背後伸出手來，蓋在握著韁繩的莫妮卡手上。
「既然如此，今天就稍微嘗試一下跑步吧。」
「唔……好、好的……！」
跑步還是有點可怕——莫妮卡把這句險些出口的喪氣話吞了回去。
飛行魔術如此，社交舞也如此，有些事情就是必須實際經驗過，用身體記住感覺，才能真正學會。
所以，不可以永遠都只滿足於讓馬兒安穩步行。
菲利克斯朝馬肚輕踢，馬兒開始緩緩加快腳步，朝中高級者取向的路線跑去。
（咦、咦！要往這邊去嗎？）
以為肯定是要在初學者取向的基礎路線開跑，莫妮卡滿臉鐵青地努力維持平衡。
馬兒跑著跑著，逐漸往森林內部深入。
以前行經這條路時，樹木還留有些許紅色或黃色的葉片，而今天幾乎都已經盡數凋零，令人確實感受到冬天的造訪。

（這一帶看起來，好像都已經沒有開花了……）

本來打算如果看到有比較大朵的花還開著，就順便摘回去的——如此暗自作想時，菲利克斯忽然在半路讓馬兒停下了腳步。

然後就這麼轉向，驅馬朝偏離原始路徑的小路前進。這條路莫妮卡有印象。

（是殿下的祕密散步道～……）

這條路並非正規路線，路寬較窄，想讓馬匹在這條路跑步比較困難。

莫妮卡開口問向驅馬緩緩前行的菲利克斯。

「今天，也要去觀摩魔法戰，嗎？」

「嗯，這也是目的之一……不過其實是我有事想拜託妳。」

話才講到一半，森林內部便傳出一陣響亮的爆炸聲。

那是施展火屬性魔術時會發出的聲音。看來似乎是魔法戰開打了。

菲利克斯安撫著受到驚嚇的馬匹，同時移動到可以看見魔法戰戰況的地點。

森林內部某處比較空曠的場所，設置了魔法戰用的結界。在這道結界內，就算受到魔術攻擊也不會受傷，取而代之的，是會讓魔力減少。

「希利爾・艾仕利！今天一定要讓你敗在我的手下！」

如此高聲呼喊的，是一位留著金色短髮的魁梧男同學。上次在這裡觀摩魔法戰時，也是他和希利爾在較量。

他名叫白龍・加勒特。是高中部三年級同學，魔法戰社的社長。

白龍迅速展開詠唱。雖然聽不見詠唱的整體內容，然而從那簡短的程度，莫妮卡判斷應該是短縮詠唱。

只見白龍伸手向前一揮，火焰長槍隨即現形，朝希利爾直直飛去——但，瞄準得不夠到位。甚至輪不到希利爾閃避，火焰長槍就已經撞在附近的樹幹上煙消雲散。

（大概，是還不習慣短縮詠唱吧。魔術式的第三節與第五節短縮有誤，導致魔力密度下降，命中率也就跟著降低了。）

即使如此，白龍還是鍥而不捨地展開生疏的短縮詠唱，這次生成了將近十支瞄準希利爾的火焰箭。箭矢威力不及長槍，但畢竟有數量優勢，幾支火焰箭已開始射向希利爾。只是希利爾的反應更快，箭矢沒能命中目標，而是被早一步生成的冰牆阻絕。

然後，希利爾就這麼維持著冰牆蹲下，以單膝貼地的姿勢伸手觸碰地面。緊接著，冰之枝條便出現在他的指尖，沿著地面朝白龍延伸而去。白龍對此渾然不覺。

在白龍死命繞舌進行短縮詠唱的期間，冰之枝條已經蔓延到白龍腳下，接觸到他的鞋尖。

剎那間，枝條急速膨脹，直接包住白龍的腳掌，凍結在地面上。

當白龍的注意力轉移至腳邊，希利爾早已發動下一道魔術。密集的冰箭如雨點般灑落在白龍身上。

同樣是短縮詠唱，兩者的精度卻有天壤之別。

（希利爾大人魔力量既高，魔力的操作也十分堅實……既然能將短縮詠唱運用無礙，就代表他對魔術式的理解也相當透徹。要是連冰以外的魔術都能施展，想成為上級魔術師應該也不成問題吧。）

這些想法浮現在莫妮卡腦內時，菲利克斯又驅馬緩緩地展開了步行。

「希利爾的本事，又更上一層樓了呢。」

「呃——實在是，很厲害呢。」

菲利克斯靜靜地應了一聲「是呀」。

語調聽起來既沉穩又溫柔，但又好似夾雜著幾分羨慕的音色。

（果然，殿下還是……很想要修習魔術啊。）

為什麼，他會被禁止學習魔術相關知識呢？難道是有什麼體質面的問題嗎？好比魔力量極端低落之類的。

「對了，殿下，剛才說，有事情想要拜託我……」

「嗯。」

來到遠離魔法戰結界的位置後，菲利克斯令馬兒停下了腳步。

「莫妮卡。」

自己的名字在耳邊輕聲響起，莫妮卡肩頭不禁為之一顫。

菲利克斯的手自方才起，就覆蓋在自己握著韁繩的手上。莫妮卡感覺得出來，那隻手現在稍微使了點勁。

「同為夜遊的不良拍檔，希望妳助我一臂之力。」

緩緩回過頭去，「艾伊克……」莫妮卡不發出嗓音地低語。

映入仰望眼簾中的菲利克斯，正以一股十分嚴肅——又帶有些許走投無路色彩的眼神朝自己凝望。

莫妮卡咕嘟嚥下一口口水，開始注意周遭動靜。確認過尼洛與琳應該都不在附近，才繼續開口。

「想拜託我的，事情是……」

「妳知道海姆茲．納里亞這間圖書館嗎？」

出乎意料的名字傳進耳裡，莫妮卡忍不住瞪大了眼睛。

歷史悠久程度在國內屈指可數的圖書館——海姆茲．納里亞圖書館，那是莫妮卡剛當上七賢人不久時，被路易斯帶去一起處理魔導書封印作業的地方。

（那時還意外找到初代〈荊棘魔女〉大人的魔導書，鬧得不可開交呢……）

回想著當年遭遇的騷動，莫妮卡點頭回應菲利克斯。

「呃——海姆茲．納里亞圖書館……只論名字的話，我是有聽過。」

「是這樣的，海姆茲．納里亞圖書館已在不久之前廢館。館方決定將部分館藏捐贈給賽蓮蒂亞學園，結果收到的刊物……」

講到這裡，菲利克斯的手握得更加使勁，隨著火熱的嗓音，惆悵地向莫妮卡低語道：

「裡頭有〈沉默魔女〉的論文。」

一陣「咕噎～～」聲自莫妮卡的喉嚨響起。

光是沒有因為過度動搖而落馬，就已經希望有人好好誇獎自己一番。

「要拜託我的事情……難道是……」

「因為會在圖書館留下出借紀錄，所以我沒辦法借閱魔術書之類的刊物……可是——」

菲利克斯仰起頭來，火熱的雙頰染成朱紅色，有如在描述心上人一般陶醉不已。

「我無論如何……都想要看看那篇論文。只不過，想要不留下出借紀錄，就只有在館內當場翻閱看完一途。而且，還得不動聲色地偷看，不讓任何人發現我在讀魔術書。」

「也就是說，呃——……」

「在我偷看論文的期間，希望妳幫我把風。」

莫妮卡被交託第二王子的護衛任務已經長達數個月。

她怎麼可能想像得到，竟然會有這麼一天，被那位護衛對象提出幫忙把風的要求，好讓他能放心偷看書。

「那個，如果由我去借閱那本書，再交給殿下，的話……？」

簡而言之就是幫忙當人頭借書，雖然不是值得推崇的行為，但狀況畢竟特殊。

至少，比起站在架前偷看書，遭人指點的可能性應該是低上許多。

然而，菲利克斯一臉苦澀地搖了搖頭。

「這我也想過了，但妳沒有修基礎魔術學的課，對吧？明明沒在修課卻借閱魔術書，難保不會啟人疑竇。」

確實，就想要隱瞞七賢人身分的莫妮卡而言，也並不想要留下借閱魔術書的紀錄。

萬一有個閃失，遭人問起「為什麼要借閱魔術書」，恐怕就難以開脫了。

（海姆茲．納里亞圖書館竟然還有收藏我的論文……到底，是哪一篇呀。依內容而定，讀起來可能要花上相當的時間……）

暗自思考著這些事，莫妮卡向菲利克斯說道：

「呃——魔術書，要讀懂應該，不容易吧？想站在架前直接看完，是不是相當困難……」

「我對速讀和背書有自信。」

「……」

如此令人讚嘆的才能，是不是應該更加活用在別的地方才對啊。

（不過……他即使做到這種地步，也想要看呀……）

既然艾伊克——莫妮卡絕無僅有的夜遊拍檔如此深切地渴望，莫妮卡當然也想出一份力。

使勁握緊韁繩，莫妮卡仰頭望向菲利克斯。

「那我該，在什麼時候幫你，比較好？」

這時候，莫妮卡確實看見了——菲利克斯臉上的惆悵一掃而空的瞬間。

「寄贈給校方的書，會從今天放學後開始在圖書館上架。幸運的是，今天學生會並沒有要集合……妳能幫我嗎？」

莫妮卡點了點頭，菲利克斯隨即眉開眼笑，以有如夾雜安心與歡喜的語調，低聲道出「謝謝妳」。

＊＊＊

「可恨，可恨啊，希利爾．艾仕利！這次竟然又讓我吞下一敗！」

午休時間，魔法戰社社長白龍．加勒特來到魔法史研究社的研究室，念念有詞地吐起苦水。

在搔得一頭金色短髮亂七八糟，苦悶不已的白龍面前，有點胖胖的黑髮男同學——魔法史研究社社長康拉德．艾斯卡姆正咕嚼咕嚼地往嘴裡猛塞小點心，塞得兩邊臉頰圓滾滾。

白龍主打實戰，康拉德專攻研究魔法史，兩者方向性不同，但同樣都志在學通魔術。

正因此，兩人打從中學時代便交情甚好，不時就像這樣造訪彼此研究室，天南地北閒話家常。

「這麼一來，白龍閣下今年與副會長對戰的成績，就是二十七戰二十七敗了是也～」

「咕唔……這是何等屈辱！可惡的希利爾．艾仕利……明明是平民出身，竟然那麼奮發圖強，甚至獲得殿下賞識，被提拔為學生會副會長……這簡直……這簡直……」

白龍緊緊握拳捶在桌上，中氣十足地發自丹田吶喊。

「太了不起了不是嗎——！」

瞥了一眼吶喊的白龍，康拉德溫吞地啜了一口紅茶，露出眺望遠方的眼神。

「白龍閣下真是對艾仕利副會長愛得無法自拔呢。」

「才不是愛！我只是，覺得他很了不起，必須向他看齊而已！」

「是是是。」

「你也記得一清二楚吧，康拉德！我第一次邂逅希利爾．艾仕利時遭遇了怎樣的悲劇！」

白龍再度捶桌喊冤，康拉德則是發出有如擠扁喉嚨的聲音，咕呼咕呼笑個不停。

「是呀，是呀，真是一樁悲劇～把人家誤認為女生，色瞇瞇地上前搭訕，才發現是個男的……咕呼！」

白龍還在中學部的時候，在選修課的教室裡看見一位陌生的插班生。那正是希利爾．艾仕利。

當時的艾仕利個頭遠比現在嬌小，坐在椅子上，看起來就像個柔弱夢幻的少女。還有一點就是，白龍和希利爾不同班，所以對希利爾的名字跟姓氏都一無所知。

看人家剛插班進來人生地不熟的，想去表現一下自己的親切，帶著色心開口搭話卻發現對方是位兄弟，白龍此時的絕望自是不在話下。

而且悲劇還沒就此落幕。

待白龍進入高中部，與未婚妻訂婚之後的某天，白龍不巧聽見了未婚妻與其他女同學聊天的內容。

『喜歡的類型嗎？我想想……就那個，希利爾．艾仕利大人那樣的類型。』

隔天，白龍便向希利爾提出了魔法戰的決鬥要求，並且哀傷地落敗。

「可恨的希利爾．艾仕利！我也就罷了，竟然連我未婚妻的心都不放過……」

白龍拳頭怦咚一聲砸在桌上，聲嘶力竭地怒吼。

「這該死的初戀小偷——！」

康拉德這會兒發出的「咕嘻、咕嘻」笑聲已經開始不像人類了。

這位友人心腸絕對不壞，可惜就是笑聲詭異了點。

「咕嘻、咕嘻……噗嗤呵……你那位未婚妻，現在還是和你處不來對吧？比起艾仕利副會長，你是不是更該猛力追求那位未婚妻才對？」

「所以說，我才想把希利爾・艾仕利打個落花流水，讓我未婚妻清醒過來啊……」

露出一臉有如在溫柔守候對方的表情，康拉德凝視著白龍，撫著軟嫩的下巴說道：

「想讓未婚妻回心轉意的話，趁校慶時送人家一朵花飾不就得了嗎？要是當時有準備朵黃色薔薇束上橘色緞帶送她，肯定早就……」

校慶時準備薔薇花飾贈送給想共舞的女同學邀舞，這是賽蓮蒂亞學園的慣例，白龍當然也心知肚明。

不過，白龍用鼻子哼了一聲，直接駁回康拉德的論調。

「那種鬼慣例，我才不需要！」

白龍・加勒特的家族，大多是騎士團或魔法兵團出身。因此有著血氣方剛，講究男子氣概與死愛面子的傾向。

「就算不搞送花那種軟派的把戲，邀她共舞這點小事也難不倒我！」

「唉～那你未婚妻的反應呢？」

「一如往常心不甘情不願的，那又怎樣！」

到頭來，果然一天不贏過希利爾．艾仕利，未婚妻就一天不會回心轉意。

為此雖然卯足了九牛二虎之力學會短縮詠唱，精度卻差強人意。

每次白龍發動短縮詠唱，魔術就無論如何都會出現差錯。嚴重時甚至在魔術命中對方前就自個兒煙消雲散。

魔術是一種建立在龐大計算上才得以成立的技術。就算只是一支火焰長槍，也都必須計算過威力、形狀、速度、飛行距離、持續時間等因素，再以計算結果為基礎編組魔術式。

老實說，白龍也有自覺，短縮詠唱對現在的自己而言還是道門檻過高的技術。

即使如此，白龍還是想贏。想贏過希利爾．艾仕利。

就在白龍咕呶呶地念念有詞時，康拉德突然起身，操著語調低了幾度的嗓音開口。

「咕呼呼……這裡有一則好消息，要報給挑戰初戀小偷卻屢戰屢敗的白龍閣下知道。」

「好消息？」

康拉德咕呼咕呼地笑著點頭。

「其實呢，在寄贈給圖書館的刊物裡……」

＊　＊　＊

黑貓偵探尼洛與助手琳，為了解明莫妮卡突然變成愛花人士的真相，兵分兩路各自展開調查後，回到了祕密基地集合。

「祕密基地——據我所知，那是能夠激發人們少年情懷的魅惑辭彙。」

「本大爺不是少年，但很明白那種心情。聽起來就覺得很正點嘛，祕密基地。」

兩人口中的祕密基地，指的是被稱為舊學生宿舍的建築物。

舊學生宿舍位於賽蓮蒂亞學園領地內的森林深處，相較於現在使用的宿舍，顯得袖珍了幾分。建築物本身年代並沒特別久遠，外觀看起來還十分派得上用場。

不過這一帶土地的魔力濃度偏高，已達到會危害人體的基準，似乎是因此才不得不廢棄舊學生宿舍。

想處理土地魔力濃度過高的問題，可以使用吸收土地魔力再另行釋放的魔導具。但根據土地本身性質不同，有時會無法順利吸收魔力。這棟舊學生宿舍附近的土地相信就是如此吧。

魔力濃度過高的土地，對魔力抗性較低的人類而言，長時間滯留有時會導致魔力中毒，但對於以魔力為糧食的精靈來說，可謂再舒適不過的空間。

正因如此，身為風系精靈的琳似乎平時就頻繁出入舊學生宿舍，把這裡當作祕密基地。

在舊學生宿舍的玄關原地大轉一圈觀察後，尼洛很是滿意地不停點頭。

「不錯的祕密基地嘛，這兒。」

雖然已遭廢棄，終究也是準備給貴族子女使用的建築物。格局寬敞，讓人可以自在放鬆的設計，待起來的感覺著實不差。

要是能擺張沙發或安樂椅子就更像那麼回事了，但實在也不能要求那麼多，尼洛就這麼維持著貓的外型，靈巧地靠上牆壁以兩條後腿站立，同時舉起前腳抱在胸前。

雙手抱胸靠在牆上，這是尼洛想到的偵探帥氣動作之一。嘴巴如果再叼根菸斗，就更完美無缺了。

「那麼，是時候共享情報了。還請回報調查的結果吧，助手。」

「是的，我針對〈沉默魔女〉閣下的桌子調查了一番。」

在校慶之後的兩天假期，莫妮卡一直都待在閣樓間寫東西。不是在寫會計的相關工作，就是在寫魔術式。

「從前天起，我就一直暗中調查，〈沉默魔女〉閣下所寫的魔術式……」

「喔，有查出什麼了嗎？」

「完全沒查出任何結果。魔術式這種東西真是十分難解呢。」

有別於透過構築魔術式來操控魔力的人類，身為精靈的琳可以憑感覺自在操作魔力。所以，莫妮卡所書寫的魔術式，對琳而言似乎完全無法理解。

但，尼洛並無法為此責怪琳。原因很簡單，尼洛也完全無法理解魔術的內容。

「只是，魔術式一旁有著『植物水分含有量』的記載。〈沉默魔女〉閣下也說過，吊在窗邊的花是準備要晾乾的，或許這道魔術式也是要用來令植物乾燥。」

以前腳撫著下巴的尼洛不停點頭稱是。

果然，莫妮卡是想透過魔術，用那些蒐集來的白花達成某種目的。

「那麼，敢問黑貓偵探閣下進行了哪些調查？」

「喔，本大爺可是跟蹤了莫妮卡喔。」

其實跟蹤到一半就覺得無聊，趁莫妮卡上選修課的期間，跑到廚房去偷吃肉類料理，這部分當然是省略不報。

話又說回來，用烤爐烤出來的帶骨肉也未免好吃過頭了。雞肉不管用煮的烤的甚至生吃都很美味，但還是怎樣都比不上帶骨肉。

往油油亮亮的嘴邊舔了一圈，尼洛繼續說道：

「本大爺在跟蹤莫妮卡的時候，聽到了她在午休時，跟同班同學拉娜交談的內容。」

尼洛開始回想那時的情景。

『嗳，莫妮卡。今天沒有學生會的公務要忙吧？既然如此，我們一起去開茶會吧。我有拿到不錯的茶葉呢。』

拉娜笑眯眯地提議，但莫妮卡卻是一臉歉疚地搓著指頭回應：

『對、對不起喔。今天放學後……我有非常非常重要的，事情。』

非常非常重要的事情——不用說，尼洛與琳都不曉得有這回事。

「很可疑對吧？」

「非常可疑呢。」

「到這個地步，只能動真格展開跟蹤了對吧。」

第二王子的護衛任務怎麼辦？會提出這種正經八百吐槽的人，這裡並不存在。

燃燒著偵探使命感的黑貓偵探與助手女僕，在互相點頭示意後，動作飛快地開始朝賽蓮蒂亞學園校舍移動。

＊　＊　＊

放學後，莫妮卡在前往圖書室的路上，始終忐忑不安地留意周圍的目光。

身為賽蓮蒂亞學園的學生，莫妮卡其實可以大大方方地使用圖書室，無須顧慮旁人，可一想到自己被託付的事，就忍不住會在意周遭的視線。
在賽蓮蒂亞學園，圖書館本身是獨立於校舍的建築物，可以經由走廊各自通往中學部與高中部。
在高中部通往圖書館的走廊門扉前，看到了正等著莫妮卡到來的菲利克斯身影。
菲利克斯「嗨」了一聲，輕輕舉手示意。
「今、今天還請，多多煮教。」
「我才是呢……來，我們走吧。」
菲利克斯那雙凝望著圖書館的碧綠眼眸，總覺得隱約閃爍著光芒。腳步也較平時輕快。
兩人接下來的作戰如下：
由於魔術書屬於專門書籍，故與一般刊物收藏在不同房間。
專門收藏魔術書、魔導書這類書籍的，是位於圖書館二樓的第二圖書室。
單是與魔術無緣的人士出入第二圖書室，就容易給人留下印象。
因此，莫妮卡與菲利克斯要以學生會幹部的身分，來調查圖書委員們工作執行得如何，是否有將寄贈的刊物依規定正確收藏——用這種名目進入第二圖書室，在假裝核對清單的同時接近書架。
然後菲利克斯就趁那個機會，站在架前把盯上的論文看完。
莫妮卡的任務，是趁菲利克斯站著偷看書的期間負責把風。
要是有人來了，就辯稱「目前這座書架正在進行與清單核對的作業」爭取時間，菲利克斯再趁機把書收回架上，神態自若地離開現場即可。
（就為了偷看書，也未免太大費周章了……而且，看的還是我的論文……唔……）
莫妮卡暗自伸手壓著胃時，菲利克斯隨著一句「來，清單」遞出了寄贈的刊物清單。當然內容都是真的。

而且從筆跡來看，這恐怕是菲利克斯自己親手抄寫的。

（堂堂王子殿下濫用職權，偽造文書，違規內閱……）

如此大費周章地鋌而走險，目的卻不是獨占刊物，而是不為人知地偷看書，實在愈想愈鼻酸。

剛踏進圖書館，菲利克斯就轉頭朝櫃台的圖書委員點了點頭。

看來他早就事先打著學生會要來檢查的名目，知會過圖書委員一聲了。連這種小細節都不忘打點，著實堪稱天衣無縫。

「那麼，我們去核對清單吧。」

「好、好的……」

就在莫妮卡回應菲利克斯的督促，邁出腳步的瞬間，一道嗓音突然自身旁響起。

「……哎呀，真罕見的組合呢。」

轉頭望向嗓音來源，隨即與一位將書本抱在胸口的黑髮千金四目交接。

她的名字是克勞蒂亞．艾仕利。學生會副會長希利爾．艾仕利的妹妹。

莫妮卡小聲應了一句「午、午安」，克勞蒂亞則是睜著瑠璃色的瞳孔，緊緊凝視莫妮卡不放。

「學生會的工作？」

「是、是的，我們要來對寄贈書籍，進行核對。」

「那個，不是圖書委員的工作嗎？」

聞言，莫妮卡肩頭一顫，菲利克斯立刻接話補充。

「從前發生過一起弊案，本應上架的寄贈書籍，被圖書委員占為己有私下轉賣。為了避免類似事件重演，才會由學生會幹部進行抽查，以期形成嚇阻力。」

「……三十八年前的事件啊。」

克勞蒂亞宛若自言自語似地低聲咕噥道。

這是在暗示——事到如今才搬出那麼久以前的事件，教人愈想愈可疑。

話又說回來，這裡有個令人在意的地方，就是克勞蒂亞的態度。

克勞蒂亞打從方才起，就徹頭徹尾不讓菲利克斯進入自己的視野。就只是直直盯著莫妮卡不放，面對菲利克斯的發言，則採取自言自語般的語調回話。

（是、是因為我比較，容易說溜嘴嗎……？）

正當莫妮卡暗自焦急，克勞蒂亞又伸手將蓋在臉頰前的黑髮撥到耳後，朝四周瞄了瞄。

「今天兄長不在啊……核對清單這種乏味的工作，明明就最適合兄長了說。」

「我偶爾，也是得處理這種工作的呀。」

菲利克斯向克勞蒂亞露出了笑容。

那是非常親切又柔和的笑容，大多數人看了，相信都會心生佩服，覺得「殿下怎麼這麼熱心，這麼忠於職守啊」。

然而克勞蒂亞依然保持一貫態度，不讓菲利克斯進入視野，望著莫妮卡自言自語般地咕噥。

「這麼一提，兄長有提過呢。今天放學後學生會沒有公務，所以要去訓練魔術……哎呀，聽兄長那口吻，明明就像是其他學生會幹部也沒有工作的說，真不可思議……」

如果，希利爾知道菲利克斯在圖書室核對清單，肯定毫不遲疑，自告奮勇前來幫忙吧。

倘若如此，菲利克斯就沒辦法順利偷看書了。

想到這裡，莫妮卡不由得心驚膽跳，這時，菲利克斯又以極其自然的語調回應。

「畢竟在替校慶善後時，讓希利爾操勞了一番嘛。今天希望他能好好休息。」

「但是卻帶著莫妮卡到處跑呀。」

一針見血的吐槽，令菲利克斯雖仍保持笑容，卻頓時語塞。

莫妮卡愈來愈慌。再這樣下去，菲利克斯看論文的時間恐怕會被耗光。

（必須得由我設法拖住她，爭取時間讓殿下看論文才行……）

要怎樣才能把克勞蒂亞從菲利克斯面前支開，莫妮卡絞盡腦汁不停思考。

思考思考再思考之後，卯足全力從喉嚨擠出聲音喚道：

「克勞蒂亞大人！我、我現在，有一本非常想看的書……那個，克勞蒂亞大人對圖書館，很熟悉對吧。可以請妳幫我帶路，去找那本書在哪嗎？」

「那種事是圖書委員的工作吧。」

「啊嗚～……」

見莫妮卡答得含糊其辭，克勞蒂亞舉起套著白色手套的雙手，包住莫妮卡左右臉頰。

然後就這麼將臉貼近到幾乎要碰在一起，凝視著莫妮卡咧嘴一笑，用傳不進菲利克斯耳裡的音量低聲呢喃。

「……不過，就在莫妮卡拖住我的這段期間，那邊的王子殿下到底打算做什麼，倒是令我十分感興趣。」

（穿幫了——！）

從啞口無言的莫妮卡面前退開，克勞蒂亞回過身去，隨著飄逸的裙襬招手。

「……跟我來。就讓我這個親切的好朋友，替莫妮卡帶路找想看的書。」
「非、非常，謝雪，妳……」
大舌頭道謝的同時，莫妮卡側眼望向菲利克斯，不出聲地動起嘴唇。
——就是現在，殿下！快趁現在去偷看！
也不知是否察覺到莫妮卡的意圖，菲利克斯微微點了點頭。
「核對清單的工作就交給我處理，妳儘管去借想看的書吧。」
「好、好的！」
克勞蒂亞的盤算，相信是暗中觀察菲利克斯想做什麼吧。
既然如此，不讓克勞蒂亞得逞，替菲利克斯爭取看論文的時間，就是莫妮卡的使命——如此在內心向自己喊話的莫妮卡，已經把護衛任務這個原本的使命忘得一乾二淨。
（我得快點思考，要用甚麼方法才能拖住克勞蒂亞大人才行……！）
克勞蒂亞伸手勾抱住莫妮卡的手臂，湊向她正全速運轉的腦袋，在她耳邊輕聲低語道：
「以我為對手，莫妮卡能夠拖延多少時間……很令人拭目以待對吧？」
噫噫～莫妮卡的喉嚨忍不住為之顫抖。

（……莫妮卡，抱歉了。謝謝妳。）
在內心對被克勞蒂亞拖走的莫妮卡致上謝意，菲利克斯快步走向第二圖書室。
失去負責把風的莫妮卡實屬一大打擊，好在菲利克斯自己善於察覺周遭氣息。

第二圖書室的使用者原本就少，有人靠近應該馬上就能發現。

（可能的話真希望能忘情沉浸在讀書時光內……但也由不得我任性了。）

莫妮卡可是正挺身幫忙爭取時間呢。絕不能白費這段稍縱即逝的時光。

（話又說回來，看來我可真是被克勞蒂亞小姐厭惡到家了啊。）

恐怕莫妮卡並沒有注意到吧。

克勞蒂亞基本上就是把菲利克斯當作不存在的東西對待，每當要回應菲利克斯的發言時，都會露骨地別開視線，用自言自語的語調開口。

克勞蒂亞這番行徑對王族而言可謂藐視至極，不過菲利克斯並沒有要追究的意思。

畢竟是有利迪爾王國至寶之稱的博識家族——〈識者家系〉的一員，菲利克斯並不想與她為敵。

菲利克斯登上設於一樓大廳側邊的階梯，毫不遲疑地朝第二圖書室走去。

有別於收藏大量娛樂書籍的一樓，二樓陳列的大多是專門書籍，因此平時的使用者沒那麼多。但，今天二樓卻被同學擠得盛況空前。

或許是因為校慶期間圖書室暫不開放，導致那幾天的使用者都擠到了今天來。

就在思考著這些事情時，經過走廊轉角的菲利克斯看到了。

看到今天的目標——第二圖書室竟然人滿為患。

「……」

望著出乎意料的光景，菲利克斯啞口無言地呆立走廊。這時，忽然有兩名走出第二圖書室的男同學開口問候。

其中一人是戴著圓眼鏡，有點胖胖的黑髮男同學。另一人是身材魁梧，肌肉結實的短金髮男同學。

是魔法史研究社的康拉德．艾斯卡姆以及魔法戰社的白龍．加勒特。

「哎呀，這不是學生會長嗎。午安午安。」

黑髮的康拉德從喉嚨發出咕呼咕呼的笑聲。還抱了好幾本書在胸前。

菲利克斯反射性地掃視康拉德胸前的書確認書名。他所抱著的無一不是清單上的贈書。

「消息真靈通，馬上就跑來借閱新贈書嗎？」

按耐住內心的動搖，菲利克斯語調溫和地發問，隨後，魁梧的白龍立刻挺直胸膛回應：

「是的，正如殿下所言。敢問殿下可有耳聞？我國七賢人之一──〈沉默魔女〉的名號。」

豈有沒聽過的道理。

不如說自己根本是狂熱粉絲，就是因為想看她的論文想看得受不了，才會為了偷看書，不惜把學妹拖下水，打著事先安排好的假業務當名目前來。

露出一抹高雅的微笑，菲利克斯答道：

「嗯，她的大名當然是響噹噹了。再怎麼說，〈沉默魔女〉也是擊退了沃崗黑龍，我國引以為傲的英雄啊。」

以史上最輕的年紀當上七賢人的〈沉默魔女〉，雖然是不怎麼公開亮相的人物，卻在約半年前擊退沃崗的黑龍，並因此一舉成名。

但其實，早在那起事件之前，她就已經是志在魔術的人們所關注的目標。

〈沉默魔女〉打從學生時代起，就發表過不只一道嶄新魔術式，是顛覆魔術式常識的天才少女。

甚至因為她的研究，讓基礎魔術學的教科書有過大幅度的翻新。

「說起〈沉默魔女〉，最有名的就是無詠唱魔術專家這個頭銜，不過這樣的她，其實也發表過言及短縮詠唱的論文——」
「喔～」
不會吧——菲利克斯望向白龍抱在胸前的書，但白龍粗壯的手臂太礙事，沒辦法看清楚作者名。
「我……在下，正好為了該如何熟練短縮詠唱而陷入苦戰。所以馬上跑來借閱〈沉默魔女〉的著作！如此一來，下次魔法戰保證能打敗希利爾．艾仕利給各位瞧瞧！」
「…………」
具體而言，那本書你打算借幾週？還書時還請務必通知我一聲，我到時馬上去站在架前偷看——有沒有辦法不讓這些真心話曝光，巧妙地只問出還書日呢。
就在菲利克斯認真思考這個問題時，康拉德咕呼呼地伸手按上嘴邊笑了起來。
「能搶在第一位借到書真是太好了呢～白龍閣下。畢竟，〈沉默魔女〉的著作可是萬眾矚目，看看預約單，竟然已經排了十個人在等呢。」
「十個人……？」
「搞不好還在增加中呢～就是受歡迎到這種地步啊。」
「……那真是太棒了。」
沒錯，〈沉默魔女〉的實力與實績獲得高評價，著實教人發自內心喜悅。身為一名粉絲，菲利克斯也與有榮焉。
……然而開心歸開心，書還是想看得不得了，菲利克斯臉上就這麼掛著笑容，以近年罕見之勢陷入了消沉。

＊＊＊

「喂，找到了。莫妮卡在那。」

「看來正與友人在一塊兒呢。」

黑貓與黃色小鳥的身影，出現在設於圖書館棟一樓高處的窗口。

不用說，當然是正在跟蹤莫妮卡的尼洛與琳。

先前和第二王子一起進入圖書館棟的莫妮卡，似乎正在黑髮千金克勞蒂亞·艾仕利的帶領下找書。

話又說回來，莫妮卡舉止詭異的程度實在非同小可。

莫妮卡在人多的地方原本就容易變得形跡可疑，可現在詭異程度又更上一層樓，不但滿臉蒼白，視線徬徨不定，雙手還無意義地甩動不停。

尼洛與琳都具備過人聽力，所以聽得見靠近窗口的兩人在說些什麼。

「所以呢，莫妮卡打算借什麼書？」

「呃——那個……」

「……妳不是有書想借嗎？」

「唔——呃——……對了！我是想借跟植物有關的書。我有個，想做的東西！」

「想做的東西？」

莫妮卡點點頭，難為情地搓著手指，湊向克勞蒂亞耳邊小聲回答。

就算聽力再好，想隔著窗戶聽見悄悄話的內容，終究是不可能的任務。

尼洛與琳彼此互望一眼，身輕如燕地移動到樓頂。

「這可是新情報。莫妮卡好像想用植物做些什麼。」

說著說著，尼洛左右晃起尾巴開始思索。

唐突開始蒐集花的莫妮卡。

讓植物乾燥的魔術式。

以及「想用植物做東西」的發言。

將這些線索彼此交織勾勒之後，能夠導出的真相是？

「推理小說中一旦出現植物，八成都是那回事吧。」

「是的。就是那回事對嗎。」

黑貓與小鳥異口同聲說道：

「是毒啊。」

「是毒呢。」

只要推理小說內出現描述不單純的植物，十之八九都有毒，此乃約定成俗的不成文規定。在名偵探卡爾文・阿爾科克系列中也是絕不缺席的凶器。

「植物在乾燥過後，毒性會變得更強……卡爾文・阿爾科克也是這麼說的。錯不了。莫妮卡是打算讓植物乾燥，好拿來製作毒藥。」

現在之所以在找書，肯定也是想調查有什麼方法，能夠萃取出更強力的毒素。

尼洛煞有其事地講得頭頭是道，這時，琳舉起了單邊的黃色翅膀。

「請教偵探閣下。」

「喔，什麼事，助手？」

「請問偵探閣下認為，〈沉默魔女〉閣下想毒殺的對象會是誰呢？」

既然要製作毒藥，想當然是打算向某個對象下毒。

不管面對什麼敵人，都能透過無詠唱魔術無情鎮壓，連這樣的莫妮卡都必須仰賴毒藥才能對付的高手——想來想去就只有一個。

「那還用說，還會有別人嗎。」

＊＊＊

在克勞蒂亞的幫忙下，莫妮卡找到了想借的書，來到櫃台辦理出借手續。就在手續結束的同時，菲利克斯也剛好從二樓返回。

回來得遠比想像中還快。難道說，真的已經整本看完了嗎？

趁克勞蒂亞不注意，莫妮卡跑到菲利克斯身邊，小聲開口問道：

「殿下，那個，目標的論文……」

有成功偷看到了嗎？莫妮卡還沒問出口，菲利克斯就先無力地搖了頭。

只見他低頭望向腳邊，低聲咕噥起來。

「……預約人數，現在十三人。」

「咦？」

在瞪大雙眼的莫妮卡面前，菲利克斯抬頭露出了微笑。既縹緲又脆弱的笑容。

「能夠讓本校同學也理解到她的美妙，真是非常值得開心的事呢。」

「…………」

看來偷看書作戰是失敗了。

莫妮卡猶豫著不知該如何回應，結果菲利克斯先從莫妮卡手中俐落地抽起了清單。

「抱歉讓妳跑這一趟呀。」

「那個，殿下打算……」

「既然都已經知會過圖書委員了，我就得好好完成核對作業嘍。」

雖然只是用來掩護偷看書作戰的名目，但菲利克斯似乎還是打算獨力付諸實行。

眉尾下垂的莫妮卡正感不知所措，肩頭突然重重一沉。原來是克勞蒂亞從背後抱了過來。

克勞蒂亞筆直柔順的黑髮把莫妮卡臉頰搔得有些發癢。

「哎呀，惡作劇時間結束了？……是嗎，真可惜。」

「不、不是在惡作劇啦，那個，呃——……」

「不好意思沒能滿足妳的期待啊。克勞蒂亞小姐。」

菲利克斯在一如往常的沉穩語調中，夾雜了些許的諷刺回話。克勞蒂亞聞言，維持著原本的姿勢，只轉動眼珠子瞄向菲利克斯。

接著又立刻將視線移回空無一物的正前方，自言自語般地說道：

「……總是一臉從容不迫，好像凡事都在自己掌握中的某人，這會兒竟然這麼明顯地失魂落魄，還算是挺有意思的。」

回過身去，克勞蒂亞就像一隻失去興致的貓咪，往書櫃深處離去。

從克勞蒂亞的糾纏下解放的莫妮卡，仰頭望向菲利克斯。

「清單的核對，也讓我，一起處理吧。」
「不能把妳拖下水到這種地步啦。」
「不是的，因為……我也是學生會幹部的一員。」
看到莫妮卡略為抬頭挺胸地解釋，菲利克斯不由得睜大雙眼，似是十分驚訝，隨後臉部肌肉便擠在一塊兒笑了起來。
「……那我想～就有勞妳幫忙了。」
「好的。」
菲利克斯開始朝陳列了清單上贈書的書架移動，莫妮卡也趕緊跟上腳步。
兩人就這麼默默展開了清單與書本的核對作業。
現在的菲利克斯，已經回歸到一如往常的完美王子殿下，臉上掛著既沉穩又從容的笑容。絲毫不復見灰心喪志的模樣。
只是，一想起方才他那失落的表情，莫妮卡就覺得果然還是放不下他。
（可是，像這種時候，該對他說些什麼才好呢……）
有什麼話比較適合用來鼓勵消沉的人，莫妮卡一時片刻也想不出來。
倒不如說，自己該不會太多管閒事了吧。心情低落的菲利克斯，會不會其實比較想一個人靜一靜？
腦袋不停胡思亂想，一顆心七上八下的莫妮卡身旁，仰望著書櫃的菲利克斯忽然輕聲呢喃。
「幸好，還有妳在。」
「……咦？」
「沒能看到論文雖然很遺憾……但有個志同道合的朋友願意聽自己分享喜歡的事物，讓我覺得非常幸福。」
說著說著，菲利克斯轉頭凝視起莫妮卡。
端正的五官露出了有點調皮——卻又散發些許落寞的，眉尾下垂的笑容。
「更何況，那位朋友竟然還願意陪我，一起當這種荒唐惡作劇的共犯。」
「……啊。」
「對於不存在任何地方的幽靈而言，實在夫復何求了。」
艾伊克——吞下到口的這聲呼喚，莫妮卡緊緊握住了手中的清單。
他所喜歡的事物恰好是〈沉默魔女〉，這對莫妮卡而言是令自己深感胃痛的事實。
即使如此，面對這位溫柔又落寞的青年，莫妮卡還是不希望讓他感受到過度的抗拒。
所以，莫妮卡雖然口才笨拙，仍是絞盡了腦汁慎選用詞。
「我、我畢竟是個不良少女……」
「嗯？」
「所以我想，下次我一定……也會一起，幫忙惡作劇。」
呼呵一聲，菲利克斯有如喘氣般笑了出來。
那種發自內心開懷的笑法，讓莫妮卡也忍不住受到感染，一起發出呼嘿的笑聲。
菲利克斯伸手遮住了自己鬆開的嘴巴。不過，他下垂的眼角依然流露著喜悅。
「太令人安心了。那本書的預約人有十三位……就祈禱在畢業之前還會回到架上吧。」
「好的。」
「這麼一提，妳結果借了什麼書？」

望向莫妮卡夾在側腹的書，菲利克斯好奇地問道。

方才爭取時間的時候，在克勞蒂亞幫忙之下找到的書。

「這本書啊～其實呢，是我想要製作……」

待莫妮卡害羞地答覆後，菲利克斯的眉頭微鎖，嘟起嘴唇咕噥了起來。

「……太詐了吧～」

聞言，莫妮卡慌了起來。菲利克斯這麼大費周章都沒能看到想看的論文，負責爭取時間的莫妮卡卻如願借到了想借的書。這樣想起來，確實有點不公平。

「對、對不起，結果到頭來，只有我借到書……」

「不是的，我不是在講妳。」

「……？」

菲利克斯彎下腰，在莫妮卡耳邊小聲地細語。

「改天再讓我答謝妳一番……還請務必期待喔？」

＊＊＊

結束圖書室核對作業的莫妮卡，將借來的書抱在胸口回到了閣樓間。

冬日將近的這個季節，太陽下山得特別快。現在有些作業，希望能盡可能在天還亮的時候進行。

攀上通往閣樓間的梯子，推開門板之後，便見到維持黑貓姿態的尼洛，正擺出一副莫名奇妙的態度宣言。

「〈沉默魔女〉莫妮卡．艾瓦雷特……犯人，就是妳。」
尼洛猛力舉起前腳，指向莫妮卡放話。
「……你還在，玩那個遊戲嗎？」
走過尼洛身邊，莫妮卡把胸前的物品擺上桌，這時，以女僕姿態在房間角落待命的琳也開了口。
「〈沉默魔女〉閣下，雖感僭越，還是容我插嘴。」
畢恭畢敬的態度，令莫妮卡不經意地緊張起來，隨後，琳操著平淡的口吻接話。
「就算是快要腥臭的肉也好、魚也好，只要過火烤熟再淋上果醬都有辦法入口，路易斯閣下的味覺就是這麼可悲，胃袋就是這麼強韌。」
為什麼，這裡會突然冒出路易斯的名字啊。
把吊在窗邊的花排到桌面上，莫妮卡「喔……」地應了一聲，琳也繼續說明。
「再加上，已有證言指出，路易斯閣下雖然身中連巨熊都會麻痺的劇毒，仍在強烈執念驅使之下像個頑童般手舞足蹈大鬧。」
「好、好厲害呢……」
「所以說，毒殺或許稱不上非常確實的方法。」
突如其來迸出的，充滿火藥味的詞彙，讓莫妮卡忍不住鬆開了拿著花的手。
「……毒殺？」
到底在說什麼呀？
見莫妮卡啞口無言，尼洛縱身跳上桌，用前腳指著擺在桌上的花示意。
「這幾天來，妳都把花蒐集了吊在窗口晾乾嘛。然後今天，又借了跟植物有關的書。」

「呃，嗯……」
「然後最重要的，是這個！」
尼洛向琳轉過身去。
琳立刻從圍裙內掏出紙束，不發一語地攤開。
紙上記載的，是莫妮卡這陣子一直在畫的魔術式。
「這道魔術式，是用來讓植物乾燥的吧。我有說錯嗎？」
「是這樣沒錯……」
莫妮卡點頭，尼洛也擺出「我就知道」的態度，腦袋不停上下擺動。
「換句話說，妳是在蒐集有毒植物，打算用乾燥後的植物製作毒藥，再用來毒殺妳那壞胚子同期——路路．潤塔塔！」
「他是路易斯先生喔。你差不多該好好記住了喔。」
「行凶的動機，是被他強塞不合理工作而心生怨恨吧。」
絲毫不理會莫妮卡說了什麼，尼洛自顧自地單方面說個不停，接著就像是人類在對熟人拍肩似的，舉起前腳在莫妮卡的上臂啪啪拍了兩下。
「已經罪證確鑿了……快自首吧，莫妮卡。」
明明就連事件都還沒發生，到底是要自首什麼呀。
歸根究柢，說自己企圖毒殺路易斯，根本就是莫須有的罪名。
「我跟你們說，這本書……」
舉起從圖書室借回來的書籍，莫妮卡翻開自己看上的頁面。

一如尼洛所言，這本書記載的內容與植物的加工方法有關。不過，目的絕對不是用來製作毒藥。

「是我為了研究怎麼製作乾燥花，才借回來的。那邊的魔術式，是用來替植物脫水的。」

莫妮卡看了看頁面上記載的乾燥花製作法。

以往莫妮卡都對乾燥花興趣缺缺，認為簡單晾一晾就沒問題了，但根據這本書的敘述，若受到陽光直射，似乎有令花朵變色的危險。

換言之，把花吊在日照強烈的窗邊晾乾並不理想。幸好拿來測試的是隨手摘來的花，莫妮卡暗自鬆了口氣。

（再來是……『想要製作美麗的乾燥花，關鍵就在於趁花還新鮮時，盡早替花朵脫水』……嗯，這樣的話，比起自然風乾，用魔術抽取水分，應該會更漂亮。）

拾起一朵摘回的野花，莫妮卡無詠唱發動了抽取植物水分的魔術。

也許是水分抽取過度，只見花朵逐漸枯萎，變成乾巴巴的茶色。

莫妮卡再度拾起一朵花，這次慎重地一點一點脫水。

望著這道光景，尼洛與琳顯得百思不得其解。

「噯，莫妮卡。乾燥花什麼的，就是做成乾貨的花吧？妳做這種東西想幹嘛？」

「什麼乾貨……這樣做，才可以讓花維持在美麗的模樣保存啊。」

莫妮卡對摘來的最後一朵野花施放魔術，這次漂亮地在讓花乾燥的同時，留住了花朵的皎白。

嗯，好。滿意地點頭之後，莫妮卡伸手拿起插在瓶中的白薔薇。

然後比剛才更聚精會神地，慎重地抽取薔薇內的水分。

原本水嫩的白薔薇，在失去水分後小上了一圈，不過花朵幾乎完美維持了原先的潔白無瑕。

隨著花朵萎縮，原本結在花莖的緞帶也頓時鬆脫，莫妮卡於是小心翼翼地重新綁好藍色緞帶。畢竟乾燥花只要受到些許衝擊就可能崩落四散。

漂亮地結好緞帶，莫妮卡將薔薇收進大口徑玻璃瓶中，塞上軟木塞。最後在施加保護瓶中物的魔法作收尾。

「完成了～……」

雙手舉起不惜血本貫注七賢人知識與技術所打造的瓶裝乾燥花，莫妮卡露出滿足的笑容。尼洛則不甘心地呻吟。

「就是說，莫妮卡是想把花的乾貨做成標本嗎……好個棘手的事件啊。」

面對沒能破案的悔恨偵探迷，莫妮卡稍顯得意地伸手，展示瓶子說：

「這個是，能夠讓我變得稍微堅強點的，魔咒呢。」

語畢，莫妮卡打開了帶鎖的抽屜。

父親遺留下來的咖啡壺、與拉娜一起買下的梳子、拉娜寫的信、父親的著作、貴橄欖石首飾，以及刺繡手帕。

在專門收藏貴重寶物的抽屜裡，莫妮卡輕輕擺下了裝有白薔薇的玻璃瓶。

望著又增加一項的寶物，莫妮卡幸福地笑開了臉頰。

✦ 幕間　初戀小偷與我

白龍．加勒特大約在十歲的時候，曾經被所屬於魔法兵團的叔父這麼提點過。

——白龍，你觀察力太差了。和人對峙時一定要好好觀察對方。如此一來，你自然就會看出，下一步應該怎麼做。

切身體悟到叔父這番話有多麼鞭辟入裡，是在十四歲的時候。

在選修課「魔術入門」的教室裡，白龍目睹了一位素未謀面的少女。

是一位將銀色長髮束在後頸的少女。

那美麗的側臉既纖細，又散發某種縹緲的夢幻冰冷氣息，彷彿只要觸摸就會溶化消失一般。明明如此，直視面前的雙眸又是那麼地英姿煥發，炯炯有神，令人單看一眼便過目難忘。

而且在椅子上抬頭挺胸的那副姿勢也端正無比，讓白龍忍不住看得出神，這時，坐在一旁的友人康拉德開了口。

「喔，那是插班生喔。跟白龍閣下好像不同班嘛。」

「插班生？那麼說，她不就沒有今天上課要用的魔素週期表嗎？」

魔術入門第一堂課時，會先讓同學們背熟魔素週期表，再根據各自適合的屬性個別表來安排課題。沒有魔術週期表，今天上課不就傷腦筋了嗎。抱著這種想法，白龍抱著自己的教材站了起來。

「我去和那位『女士』打個招呼。」

「……咦？」

康拉德的回應聲充滿狐疑，但白龍並沒有察覺。

白龍就這麼大步大步走向插班生，開口搭了話。

「嗨，妳是插班生吧？魔素週期表，妳已經收到了嗎？每種屬性的個別表呢？」

「我事先確認過，已經準備好了。謝謝你。」

就千金小姐而言，語調是冷淡了些，不過最後那句道謝令人感受到滿滿的誠意。

被這麼可愛的女孩子出聲道謝，天底下會有任何男人感覺不快嗎？不，沒有。絕對沒有——白龍忍著險些上揚的嘴角心想。

（不行不行，我可是個硬漢。豈能因為這點小事就傻笑不停。）

白龍努力繃緊了面孔。

「妳好認真準備呢。我叫白龍・加勒特。要是遇到什麼困難，還請隨時找我幫忙。」

「我是希利爾・艾仕利。請多指教。」

「……嗯？」

〈識者家系〉的海恩侯爵千金，記得應該是叫克勞蒂亞・艾仕利才對。這麼說來，這位是她的親戚嗎。

但比起這個，現在問題的癥結點並不在於姓氏，而是名字。

這聽起來好像男生的名字嘛——隨著浮現心頭的想法，不經意壓低視線的白龍當場目瞪口呆。插班生身上所穿的，是男同學用的制服。

叔父的告誡不禁在腦裡復甦。

『白龍，你觀察力太差了。』

（啊啊～叔父。你說得一點也沒錯。）

直到剛才都只顧著欣賞插班生面容的白龍，踩著踉蹌的腳步為了自己的愚昧咬牙。

背後的友人康拉德，一直發出與豬叫沒兩樣的咕呼呼笑聲笑個不停。

仰望著主動找自己搭話的白龍，希利爾暗自鬆了口氣。

畢竟身處海恩侯爵養子這種微妙的立場，願意率先跑來找希利爾搭話的同學並不多。

更別提還有像同班同學艾利歐特．霍華德那樣，每次碰面都要酸上幾句的人。

（白龍．加勒特……感覺和他可以成為好朋友。）

下課後趕快去找他聊天吧——希利爾愉快地心想，在桌面上重新擺好了筆記用具。

事件II

冰之貴公子與肉店小開的奮鬥

～偷肉賊與迷途小女孩～

The struggle of the Ice Prince

and the butcher's son

學生會副會長希利爾．艾仕利有著會過剩吸收魔力的體質。

人類體內存在著能儲藏魔力的容器，當這個容器裝滿後，就不會繼續吸收魔力。而換作希利爾，即使儲藏的魔力早已超出上限，身體還是會繼續將魔力吸進體內囤積，進而引起魔力中毒。

所以，他總是形影不離地配戴著一只胸針型魔導具，在體內魔力囤積至極限時，那只魔導具便會將魔力轉換為冷氣釋放至體外。

這樣的體質的確令人頭痛，幸好希利爾也並非時時刻刻都在四處散播冷氣。

即使有部分會受到身體狀況與感情起伏所左右，但只要處於已消耗一定程度魔力的狀態，身體便無須排出魔力，自然也不會持續釋放冷氣。

日前用來替校慶善後的兩天假期結束，時間來到重新開課後的第二天。

昨天學生會沒有安排工作，所以放學後得以專心訓練魔術。

或許是訓練時適度地消耗了魔力之故，今天釋放冷氣的程度比較輕微。也因此，希利爾的心情較平時來得稍微愉快了些。

畢竟不是自己心甘情願到處去降低室溫的，尤其在這個冬日將近的季節，他更是常暗自擔心有沒有害旁人受涼。

（對了，上學生會室報到前，先幫殿下準備紅茶吧。）

放學後，希利爾沒有直接前往學生會室，而是動身來到了位於同一樓層，專門用來準備紅茶與茶點的小房間。

這個房間導入了最新式的加熱用魔導具，不必生火就可以準備熱水。

在賽蓮蒂亞學園，沖泡紅茶或打理儀容乃是僕役的工作。

學生的家境若是優渥，便會從老家帶上僕役一起入學，僕役們就在學生宿舍旁一棟被喚作「僕役館」的建築物入居。

之後，僕役們就應主人需求出入宿舍與校園，照料主人的生活所需或負責準備茶會。

入居僕役館必須支付相應的費用，因此能夠將僕役帶入校園也被視為家境優渥的象徵。

而身為海恩侯爵公子的希利爾，養父當然也安排了僕役陪同入學，只是希利爾不怎麼會在校園內拜託僕役幫忙。

畢竟出身庶民的希利爾能夠自己打理生活，也不常主動召開茶會。向僕役開口的機會，頂多就只是請僕役代為轉交送給養父與母親的信，或是調度些生活必需品等瑣事。

就連沖泡紅茶，都因為希利爾喜歡動手準備飲品，所以除非是開茶會，否則一律自己來。

（今天冷氣釋放得比較少，可以靜下心慢慢沖茶了。）

冷氣釋放量較大的時候，就連沖茶都得費心顧及各種環節，好比為了不讓熱水或茶器冷掉，必須與作業台保持距離等等。

希利爾提起裝了水的茶壺，擺在設於作業台邊緣的金屬板上。

比茶壺底座大上幾倍的銀色金屬板有著正方形的輪廓，中央刻著一道圓形魔術式，表面還塗了魔導具專用的塗料。

這面金屬板是最新式的加熱用魔導具，在右側斜前方鑲有一顆紅寶石，只要在寶石內灌注少許魔力，就能為盤上的物品加熱。
由於無法微調火侯，以烹調用途而言火力也嫌過弱，所以幾乎沒有任何調理場導入運用。但，對於無法使用火屬性魔術的希利爾而言，這仍是一款非常便利的工具。
每每接觸到這類最新技術，便切身體悟到賽蓮蒂亞學園的水準是多麼出眾。
好比水路系統。多虧了前七賢人〈治水魔術師〉的功勞，利迪爾王國的水路技術已經遠在他國之上，水路四通八達，家家戶戶都不缺生活用水，即使如此，能在二樓以上的樓層設置水路的家庭，就算放眼貴族仍是寥寥無幾。
然而，賽蓮蒂亞學園無論哪個樓層，基本上都找得到水路設備。
（王族就讀的賽蓮蒂亞學園，果真名不虛傳……）
同屬這樣偉大王族一員的菲利克斯．亞克．利迪爾，自己竟然獲准為他泡茶。還有比這更榮譽的事情嗎。
就在希利爾滿懷驕傲地挑選茶葉時，背後輕輕響起了一陣嗓音。
「那、那個，希利爾大人……」
回過身來，便見到學妹莫妮卡．諾頓站在門前忸忸怩怩地搓著指頭。
「諾頓會計嗎。怎麼了？」
「也、也讓我，幫忙吧。」
紅茶其實是希利爾出於興趣主動想沖的，根本用不著放在心上。話雖如此，個性耿直的莫妮卡似乎覺得讓學長幫忙泡茶很過意不去。
不過，極度內向怕生的莫妮卡會主動提出想幫忙，希利爾認為這是不錯的傾向。

「那，可以麻煩妳把茶杯擺到那張托盤上嗎？」

「好的！」

被交付工作的莫妮卡，露出鬆了口氣的模樣，朝餐具櫃走去……

「啊嗚～」

結果卻搆不到櫃子上的茶杯，就這麼伸著舉得高高的手臂輕聲悲鳴。就算只跟高中部的女同學相比，莫妮卡也是身材格外嬌小的類型。

給錯了指示啊——希利爾暗自反省，向莫妮卡指派新的任務。

「茶杯我來擺就好，妳等下幫我先在杯裡倒些熱水，讓杯子保持溫熱。」

「……好、好的。」

「那片金屬板很燙，小心別碰著了。」

希利爾抓住寶石部分的旋鈕轉了轉。如此魔力便遭到隔絕，加熱程序也同時告終。但，即使加熱已經結束，金屬板的溫度也不會立刻降低。

第一次使用時，希利爾就曾不小心誤觸而燙傷。

「希利爾大人，這個，是魔導具嗎？」

「沒錯。只要對那邊的寶石灌注魔力，就能為擺在上頭的東西加熱。」

「這在一樓的準備室，沒有看過呢。」

這麼一提，女同學們有茶會的課程嘛。

莫妮卡大概也曾到準備室去沖過紅茶吧。

「畢竟魔導具是貴重品，數量有限。加熱用魔導具，就只有設置在這間準備室而已。」

消失。

「原來如此……」

稍稍挪開茶壺，莫妮卡目不轉睛地望著刻在金屬板上的紋路。

莫妮卡平時是個唯唯諾諾的少女，可只要面對算式或棋盤，就會有如喪失感情似的，臉上表情瞬間消失。

現在，在希利爾面前觀察魔導具的莫妮卡，就是那種面無表情的模樣。

「安柏德的拉克薛爾工房製，能夠連續使用的小型魔導具……好驚人，這麼奢侈……」

「妳好清楚啊？」

不經意的喃喃自語被希利爾做出回應，莫妮卡慌忙擺動雙手解釋。

「呃──以前，我剛好有稍微，看過同樣的東西。」

莫妮卡・諾頓從前是被柯貝可伯爵夫人收養的少女，現在則以侍女的身分被安排去照料柯貝可伯爵千金伊莎貝爾・諾頓，希利爾是這麼聽說的。

既然如此，會在柯貝可伯爵宅邸內見過魔導具，應該沒什麼好不可思議吧。

柯貝可伯爵畢竟是利迪爾王國屈指可數的大貴族，就算擁有昂貴的魔導具也絲毫不足為奇。

在希利爾思索著這些事情擺茶杯時，學生會書記艾利歐特・霍華德突然從走廊探頭進了準備室。

「喔，在這在這。喂──希利爾。廚房有急事找你，快點過去一趟。」

「廚房出了什麼問題嗎？」

會把自己找去，八成是必須用到冰系魔術的狀況──難不成出了火災？希利爾暗自緊張起來。

不過艾利歐特卻一副悠哉的口吻，輕描淡寫地答道：

「好像是廚房有同學鬧出了點麻煩啦。我記得，那人你算有見過吧。」

講到這裡，艾利歐特露出好似想起什麼的表情，望向莫妮卡。
「喔，對喔。諾頓小姐也一起過去應該比較好吧？」
「是我也，認識的人……嗎？」
點頭同意莫妮卡的疑問後，艾利歐特道出了那位同學的名字。

＊＊＊

「所——以——說——！我是被冤枉的咩！」
在廚房內被滿臉困擾的餐廚人員們給包圍，扯著嗓子主張自己清白的，是高中部二年級的插班生——古蓮・達德利。
雖然就讀年級與希利爾不同，卻不知為何在陪莫妮卡練習社交舞之際，演變成由自己負責指導古蓮舞藝，自那之後，這位學弟就莫名與自己有緣。
與莫妮卡一起抵達廚房的希利爾，隨著一聲「失禮了」，開始環視在場的餐廚人員。
「我們是學生會。聽說那邊那位古蓮・達德利引起了什麼問題。」
待希利爾道盡來意，原本一副傷腦筋模樣的古蓮，表情立刻開朗起來。
「副會長！莫妮卡！」
舉起手一股勁兒猛揮，古蓮開心地大喊。
躲在希利爾背後的莫妮卡探出頭來，戰戰兢兢地朝古蓮開口。
「那個，古蓮同學，出了什麼事嗎？」

「是這樣的，廚房的料理被人偷吃了，大家在懷疑說，犯人是不是我……」

露出鬧彆扭似的表情，古蓮搔了搔金茶色的頭髮，轉頭環視包圍自己的餐廚人員。

而餐廚人員們倒也沒對古蓮表現出敵意，不如說也都顯得一臉困惑。

年長的魁梧廚師長望向古蓮，帶著困擾的神情開口。

「說實在的，也不是我們想懷疑小弟，只是狀況真的就……」

老家開肉店的古蓮似乎不時就會進出廚房，與餐廚人員一起吃伙食，一起開發新的肉類料理等等。

就賽蓮蒂亞學園所收受的學生而言，這麼沒有身段是不太尋常的，但也正因古蓮如此隨和，廚房的人們其實都很疼他。

校慶時，提供肉品的甚至是古蓮的老家，雙方就是熟稔到這種程度。

相信正因如此，眾餐廚人員才會為了古蓮偷吃的嫌疑感到不知所措吧。

希利爾「唔嗯」地點頭，向廚師長問起事發經過。

「煩請讓我聽聽詳細經緯。」

「唉～是昨天還沒中午時的事，咱們這兒有位餐廚人員，拿了帶骨肉到那邊的後頭去烤。」

那邊——廚師長說著說著，指向料理場內部的烤爐及作業台示意。

烤爐旁的作業台為了隔熱，設有一道磚牆，剛好遮蔽掉其他作業場的視線，形成死角。

「烤過之後，當然要把肉品從烤箱內端出來散熱嘛。結果，跟我拳頭差不多大的帶骨肉，大概有二十來塊吧……這些肉就在短短十五分鐘內，給人偷吃到只剩骨頭了。」

雙手抱胸聽廚師長描述案情經過的希利爾，用鼻子哼了一聲，斬釘截鐵地斷言：

「這是椿不可能犯罪。二十塊剛出爐的熱騰騰烤肉，沒道理能在十五分鐘內吃完。」

「咦？感覺輕而易舉耶……副會長，覺得沒辦法嗎？」

古蓮的低聲吐槽，令怕燙又胃口小的希利爾當場語塞。

成人男性拳頭大小的帶骨肉，兩塊就足夠讓希利爾吃到撐了。

希利爾「咳咳」地清了清嗓子，繼續追究更深入的疑點。

「歸根究柢，為什麼古蓮．達德利會被列為嫌犯？」

「再怎麼說，要是有餐廚人員以外的人士從門口進來，肯定會有人注意到吧。只是，那兒有扇窗開在比較高的地方。」

正如廚師長所言，有一扇小窗子，就設在烤爐旁的高處。

窗口的位置比希利爾的身高還高。廚房本身位於一樓，可要是想從這個窗口出入，只怕是少不了墊腳的踏板。

「……我懂了，是飛行魔術嗎。」

飛行魔術是種難以運用的魔術，能得心應手發揮的人，就連上級魔術師都寥寥無幾。希利爾自己也辦不到。

好巧不巧，見習魔術師古蓮．達德利，正是這所校園內唯一會使用飛行魔術的人。

雖然希利爾並沒有親眼目睹，不過校慶舞台表演時，古蓮展示了飛行魔術的事蹟非常廣為人知。

維持著雙手抱胸的姿勢，希利爾用手指咚咚地敲著自己的手臂，道出自己整理中的思維。

「犯人以飛行魔術出入的可能性極高。然後，校園內會使用飛行魔術的只有古蓮．達德利一個人，還剛好是個愛吃肉的大胃王，原來如此……條件湊得很齊。」

然而，在缺乏明確證據的狀況下，就這麼將古蓮認定為嫌犯，仍屬過於武斷。

狀況還需要更進一步的精查——希利爾心想。

「方才提到案發時間是在中午之前，具體而言大概是幾點？」

「喔～這個嘛……正好，是在選修課的上課時間——」

「那古蓮若是有乖乖出席，不在場證明應該就成立了。」

昨天的選修課，希利爾出席的是高度實踐魔術課。古蓮應該正好在同一時間，去上了實踐魔術課才對。只要找授課教師確認當時的狀況，就能證明古蓮的清白。

看來，學弟蒙受的冤屈是可以化解了。希利爾正覺得鬆一口氣，就看到古蓮一臉尷尬地辯解。

「沒啦～關於這點，那個……其實我在這扇窗外，擺了一個自製的燻製器……」

為什麼要帶那種東西進來——希利爾強忍著沒喊出這聲怒吼。因為內心有股預感，古蓮下一句回應，出口的恐怕會是讓人更加震怒的內容。果不其然立刻應驗。

「昨天我做了火腿，有點在意燻製器的通風狀況，就忍不住趁上課時用飛行魔術咻～地……」

「就是說，你這臭小子擅自離開課堂，跑來這裡確認擺在窗外的燻製器是吧。」

古蓮高大的身軀縮成小小一團，動作生硬地點頭。

「你到底在搞什麼東西——！這樣豈不是理所當然會被當成嫌犯！」

「因、因為，我當時又不曉得發生了這種事件咩～……」

「要是平時好好認真上課，根本就不會演變成這種情形！給我用力反省！」

希利爾過剩吸收魔力的體質，偶爾會在情緒激動時惡化。現在就是如此。

就好像在如實呈現希利爾的憤怒一般，現場飄散起強烈的冷氣。

較靠近希利爾的數人反射性搓起手臂取暖，莫妮卡更是直接打了噴嚏。

至於古蓮，也不知是因為挨罵還是冷，淚眼汪汪地吸著鼻子辯解。

「翹課的事我有好好反省了！可是，我真的沒有偷吃東西……！」

露出愁眉深鎖的表情，希利爾陷入沉思。

古蓮雖然會在走廊亂跑，制服又穿得邋裡邋遢，還自己亂翹課，是個成天讓人頭痛的問題學生，可是本性絕對不壞，這點希利爾也清楚。

最重要的是，古蓮撒謊的本事爛得可以。他要是真有偷吃，肯定會顯得更心神不寧。

「……你敢發誓，自己真的沒有偷吃嗎？」

「我發誓！我向神明發誓，自己絕對沒偷吃！」

「換作在殿下面前也同樣敢發誓嗎？」

「當然！」

「那好。」

那樣就好嗎——周圍的餐廚人員低語，但傳不進希利爾的耳裡。

希利爾高傲地抬頭挺胸，向古蓮發出宣言。

「只要你能發自內心向殿下發誓自己是清白的，你的冤屈就由我來傾注全力洗清！」

在遭到要好的餐廚人員們懷疑，陷入絕境的瞬間，古蓮腦袋中閃過的是師父路易斯．米萊的告誡。

『聽好了，古蓮。年輕不懂事的你，往後想必會面臨各式各樣的挑戰吧。到了那種時候，千萬要想起為師這番話——』

路易斯伸手按上自己胸口，露出有如要複誦聖句的聖人表情接話。

『——世間種種難題，十之八九都能用金錢與暴力解決。』

所以七賢人是金錢與暴力的化身咩——在他如此回應之後，腦袋就吃了一拳，這段回憶如今仍歷歷在目。

而現在，遭遇困難的古蓮面前，學長希利爾．艾仕利是這麼說的：

「首先從重新調查現場開始著手。愈是面對難題，愈要腳踏實地累積扎實的努力！」

一股熱潮瞬間湧現胸膛。

比起說什麼用金錢暴力去解決一切的師父，眼前的學長看起來帥上一百倍。

「副會長實在太帥哩！我懂了，請讓我追隨副會長！」

古蓮感慨萬千地吶喊，希利爾聞言，稍稍瞪大了眼睛，然後哼一聲揚起嘴角微笑。

「那就跟緊點，古蓮．達德利！」

「是——！」

在古蓮腦海裡，師父的謎樣發言已經煙消雲散。

就這樣，在重新調查現場的作業展開後，一旁〈沉默魔女〉莫妮卡．艾瓦雷特不為人知地抱頭傷起了腦筋。

（等一下等一下等一下，難不成……難不成，真正的犯人是……）

能在短時間內把熱騰騰烤肉洗劫一空的貪吃鬼，加上不透過飛行魔術也能身輕如燕地穿梭於窗口，這樣的人——說得精確點，這樣的貓是誰，莫妮卡心裡有數。

啊啊～拜託千萬要是自己想太多了——莫妮卡在心中瘋狂祈禱。這時，踏在踏板上調查窗口的希利爾出了聲。

「這裡有腳印！雖然不甚清晰……但這恐怕是小動物留下的。」

（噫噫噫噫噫噫～）

無視於臉色發青顫抖的莫妮卡，古蓮與希利爾開始尋找有沒有其他腳印。

「就是說，可能有小型肉食動物進出過咩？」

「沒有確切的證據，但可能性是存在的。只是……」

走下踏板，希利爾表情險峻地接話。

「能在短時間內吞食這麼多肉的肉食動物……或許是害獸也說不定。就算是為了同學們的安全，也非得補抓起來不可。」

莫妮卡從喉嚨發出了微弱的噫噎噎耶哀號。

希利爾交互望向古蓮與莫妮卡，提出指示。

「總而言之，先到外頭去調查周圍狀況吧。說不定能找到其他足跡。諾頓會計就先回學生會……」

「不！我也要……我也要一起去！」

事已至此，莫妮卡只剩一個選擇。

那就是與希利爾及古蓮同行，並在發現尼洛蹤跡時以無詠唱魔術迅速湮滅證據，好讓真相陷入五里霧中。

可是，希利爾似乎不希望莫妮卡同行。想必是認為害獸若存在，此行就有一定的危險性吧。

莫妮卡雙手緊緊握拳，使盡渾身解數大喊。

「因為我，也是學生會幹部的一員！」

「……這樣啊。」

就像在緊緊體會莫妮卡成長的事實一般，希利爾帶著滿臉感慨的神情低語，接著颯爽地轉身，隨著飄逸的衣襬向廚房外邁出腳步。

「那我們走吧，諾頓會計！古蓮．達德利！」

「豪的！」

「好哩！」

＊＊＊

來到外頭，沿著校舍繞著繞著，莫妮卡等人來到了廚房外——偷肉賊出入的窗口外側。在窗口下的廚房牆邊，可以看到一個與莫妮卡差不多高的金屬箱。

「這是……？」

莫妮卡才對陌生的金屬箱歪頭感到不解，古蓮立刻得意洋洋地開口。

「我自製的燻製器！用各種廢棄材料組合而成的喔。現在還有許多部分在改良……」

「你這傢伙，把神聖的學府當成什麼了。」

希利爾朝古蓮狠瞪，操著低沉嗓音忿忿地咕噥。

冷氣開始自莫妮卡身旁飄起。這個冷冰冰的程度，是距離激動只差三步的冷冰冰。

莫妮卡不知所措地交互望向希利爾與古蓮，這時，打開燻製器蓋子的古蓮喊了起來。
「啊啊！我掛在裡面的火腿不見了！」
縱長型的燻製器上方設有掛鉤。看來使用時，就是把肉掛在這個掛鉤上燻製。
望向空空如也的燻製器，希利爾皺起了眉頭。
「燻製器的火已經熄了啊。你是在關火之後，才把火腿擺在這兒不管的嗎？」
「雖然程度也因食材而異，但燻製這種調理法，比起燻完馬上開動，稍微風乾一下會比較美味哩。」
按古蓮所說，他似乎是今早才關火，把火腿掛著風乾。
換句話說，火腿消失的時間至少是在那之後。
希利爾彎腰蹲下，開始調查地面。
「燻製器旁也有小型的腳印……似乎一路通往森林的方向。恐怕，那隻動物就潛伏在森林裡吧。」
（哇啊啊啊啊……）
莫妮卡愈來愈焦急了。尼洛現在跑哪兒去了呀。萬一，尼洛在森林裡張牙舞爪享用火腿的畫面給希利爾撞見，事情可不是鬧著玩的。
「我們到森林去，查查有沒有什麼蛛絲馬跡吧。」
「了解哩！」
希利爾大步大步朝森林走去，古蓮也追隨在後。
莫妮卡小跑步跟上兩人，腦中不停煩惱該怎樣掩飾尼洛的蹤跡。

在賽蓮蒂亞學園領地內有一片森林，馬術或實踐魔術等課程常會用來授課。
除了部分危險區域外，學生基本上可以自由進出森林，但不太會有人在課外時間跑進森林裡逗留。
放學後還會出入的，頂多也就是馬術社與魔法戰社的社員而已。
莫妮卡一行人來到森林深處，隨即見到正在練習攻擊魔術的魔法戰社社員身影。
對貴族而言，魔術屬於必備教養之一。或許是這個理由，使得賽蓮蒂亞學園的魔術教育相關設備，遠較莫妮卡想像中來得充實。
好比魔術書或魔導書這類書籍，某些圖書館甚至是不予收藏的，而賽蓮蒂亞學園則是擁有頗為可觀的藏書量。
魔法戰的結界也相當費事，不但得具備滿足條件的土地與魔導具，還需要至少兩位魔術師負責維持，絕非在哪裡都能輕易展開的東西。
所以說真的，莫妮卡從沒想過能在賽蓮蒂亞學園觀摩到魔法戰。當她第一次見到時，甚至為此暗自驚訝。
「艾仕利！」
正在指導魔法戰的男同學注意到這邊的動靜，出聲喚了希利爾。
那是位留了一頭偏黃色金髮的魁梧男同學。炯炯有神的雙眸，橘紅得有如黃昏時的晚霞。
他是魔法戰社社長白龍·加勒特。
昨天課堂上與希利爾進行魔法戰，因短縮詠唱不完整而落敗的同學。
白龍朝這兒小跑步過來，感覺有點靜不下心地向希利爾搭話。

「你會特地跑到我們魔法戰社來可真稀奇。我猜猜，想跟我來場魔法戰是吧？沒錯吧？是這樣吧？很好，那我們這就用魔法戰正式展開決鬥……」

「我在執行學生會業務。這種事煩請晚點再談。」

「這樣啊。既然是在工作中就不好了。那日後我再確認預定，用書面向你提出決鬥申請。」

退堂鼓打得出乎意料乾脆，白龍個性血氣方剛，為人卻挺嚴謹的。

雖然有很大部分參雜了莫妮卡的主觀，不過比起米妮瓦，賽蓮蒂亞的學生注重禮儀的程度實在壓倒性地高。

（記得在米妮瓦時代，學長姊要把人拖到會場去打魔法戰都沒在讓人拒絕的……）

往日時光湧現心頭，莫妮卡顯得有些憔悴，這時，白龍伸手按上粗獷的下巴開口關切。

「所以，是出了什麼要緊事，還勞駕學生會幹部特地跑來森林一趟？」

「這一帶可能闖進了危險的肉食動物，我們正在調查。你有什麼頭緒嗎？」

聽過希利爾的說明，白龍皺眉沉思一番，隨後搖了搖頭。

「不，沒有。」

「這樣嗎。要是有看到類似的動物，再麻煩通知我一聲。」

「嗯，知道了。」

與白龍簡短交談幾句後，希利爾離開了現場。

走著走著，希利爾好似忽然想起什麼，轉頭望向古蓮。

「古蓮．達德利。你不是見習魔術師嗎？難道沒想過加入魔法戰社團，透過實戰磨練身手？」

希利爾大概是察覺到，古蓮很在意魔法戰練習的光景吧。

就連現在步行移動中，古蓮也不時一瞥一瞥地觀察白龍他們，直到聽見希利爾這番話，才一臉尷尬地回過頭來，搔著頭髮回應。

「我對魔法戰……唔嗯～該說是沒什麼美好的回憶嗎……先讓我考慮考慮唄。」

「這樣嗎。也好，不勉強。」

古蓮是〈結界魔術師〉路易斯．米萊的弟子。

莫妮卡和路易斯雖然是同期，但並不清楚他是在怎樣的經緯下把古蓮收作徒弟的。

（路易斯先生，看起來也不像是會積極收弟子的人……是不是有什麼理由呀？）

就在莫妮卡暗自思索這些事情的時候，古蓮步行的速度稍稍緩了下來。

古蓮平時是個朝氣十足，永遠大步大步向前走的青年。這樣的他，現在卻踩著連莫妮卡都能追過的窄小步幅，低聲咕噥問道：

「副會長，你是為了什麼學魔術的啊？」

「為了對父親大人有所貢獻。」

看到希利爾絲毫沒有猶豫，頭也不回地直視著正前方回應，古蓮皺著臉笑了起來。

有別於平時開朗無比的作風，古蓮露出的是非常苦澀的笑容。

「我覺得，能像這樣當場回答的人，真的超——帥的哩。畢竟，我是連這些都還一頭霧水，就成了見習魔術師的。」

古蓮的發言，深深刺進了莫妮卡的胸口。

莫妮卡也一樣。會開始學魔術，並不是因為有什麼明確的目標。當時的想法是，只要可以不給養母添麻煩，其實做什麼都好。

結果莫妮卡剛好有魔法適性，還習得無詠唱魔術當上了七賢人——但這一切也並非預先設定並達成的目標。

自己純粹就只是漫無目的地過活，驀然回首，才發現事情已經變成這樣罷了。

在莫妮卡回顧著自己無法引以為傲的處世軌跡時，依舊直視前方的希利爾開了口。

「就算現在沒有明確的方向，只要持之以恆、一步一腳印儲備知識與技術，有朝一日找到目標時，學到的東西一定能成為前進的助力。古蓮．達德利。你會使用飛行魔術對吧？」

「會哩。」

「飛行魔術的難度絕對不低。沒有反覆練習到渾身擦傷，是不可能學會的。你不覺得，可以將之視為自己持續努力之下習得的技術，引以為傲嗎？」

希利爾這番話，對莫妮卡帶來了小小的衝擊。

自己一路走來始終漫無目的、隨波逐流地低頭度日。即使是這樣的自己，有朝一日也能夠擁有某種值得引以為傲的事物嗎。

（……希望真的，能有那麼一天。）

對於內心會浮現這樣的想法，莫妮卡感到十分詫異。

成天窩在山間小屋的那段時期，這種事肯定連想都不會去想。

就如同莫妮卡察覺自己的變化並為此驚訝一般，古蓮似乎也在希利爾這番話中感覺到了什麼。

「……不過，我還是成天被劈頭痛罵不成熟哩。」

「那麼，你只要努力鑽研到能夠引以為傲就行了。」

這句百分之百希利爾風格的回應，終於讓古蓮垂下眉尾，發出「嘿嘿嘿」的笑聲。

然後稍微拉大一點步幅，追上莫妮卡身邊並肩而行，湊到耳邊小聲地說：

「果然，副會長真的是超帥的哩。」

仰頭望向古蓮，莫妮卡嘴角微微上揚，點頭回了一聲「是呀」。

走在兩人前頭的希利爾，那背影以男性而言實在過於苗條。甚至堪稱纖細。

明明如此，為什麼看起來卻如此地可靠呢。

那道可靠的背影，就在下個瞬間，隨著一陣滋沙沙沙沙～的聲音消逝無蹤。

「嘎啊——？」

「希利爾大人～？」

「副會長——？」

看來是失足踩空，從斜坡一路跌了下去的樣子。雖然沒到堪稱懸崖的程度，但確實是個頗為陡峭的斜坡。

莫妮卡與古蓮往斜坡下一探，發現希利爾被埋在一堆枯葉中，大約跌落了一層樓的高度。

「原來，副會長的運動神經這麼糟啊……」

「才不糟，普通得很！剛才不是我腳滑，是有東西撞到我的腳！」

聽見古蓮的喃喃自語，希利爾氣急敗壞地甩開身上的枯葉怒吼。不過，臉上表情皺成一團，顯得十分痛苦。

才剛試著挺起身體，馬上又搖搖欲墜地單膝觸地半蹲。樣子明顯不對勁。

「希利爾大人？是不是哪邊受傷了……」

「莫妮卡，我們下去看看。這邊很容易腳滑，妳要抓穩喔！」

古蓮開始詠唱飛行魔術，接著將莫妮卡抱在側腹，輕飄飄地浮了起來。

這是莫妮卡拙劣的飛行魔術遠遠及不上的穩定感。換作莫妮卡在側腹抱個人，肯定沒兩下就失去平衡應聲墜地。

兩人降落在希利爾身旁，只見希利爾尷尬地癟嘴。

「……腳有點扭到了。」

嘴巴說是有點，但好幾次想起身都站不穩而失敗，恐怕其實疼痛異常吧。

也不知是否發現到希利爾在硬撐，古蓮轉過身去，背對希利爾蹲了下來。

「副會長，我揹你，趴到我背上唄。」

「……不好意思，多謝了。」

面對一臉苦悶的希利爾，古蓮露出雪白的牙齒，回以快活的笑容。

「飛行魔術馬上就派上用場，讓我感覺添了點自信哩！」

「……是嗎……這樣啊。」

就在希利爾百感交集地低語時，附近的草叢突然傳出嘎沙嘎沙的響聲。

古蓮與希利爾立刻面露充滿緊迫感的神情，轉頭凝視草叢。想必是在警戒那隻把帶骨肉及火腿吃乾抹淨的凶猛偷肉賊吧。

為了以防萬一，莫妮卡也提起戒心，做好隨時都能發動無詠唱魔術的準備。

草叢再度大幅度搖晃，某種物體從草叢下方竄了出來。是手臂，小小的手臂。而且，還是人類孩童的手臂。

隨著草木被那隻手臂給撥開，一個將金色長髮綁在兩旁，年約三、四來歲的小女孩自草叢中現身。

兩手貼在地面的小女孩，連拖帶爬地鑽出草叢，並仰頭望向莫妮卡一行人。

那雙圓滾滾的大眼睛裡，浮現了水汪汪的淚膜。

「嗚咽～～噎，咽～……」

眼見趴在地面的小女孩嚎啕大哭，希利爾與莫妮卡都當場嚇得肩頭打顫。

「哭、哭了……」

「她在哭～……」

兩人都用生硬的語調，不假思索地道出雙眼所見情景。無論希利爾或莫妮卡，對於該怎麼應付這個年紀的孩童，都堪稱毫無經驗。

希利爾維持坐在地面的姿勢，戰戰兢兢地向小女孩開口。

「那個……妳、妳是從哪裡來的？叫什麼名字？」

「噎嗚嗚嗚～哇啊啊～……！」

小女孩的哭聲越來越激烈了。

脹紅著臉，有如扯裂喉嚨般哭喊的小女孩，讓希利爾不禁狼狽起來。

「是！是我嗎？是我把她弄哭的嗎？」

「冷靜一點咩，副會長。我猜，這孩子呢～八成是迷路啦。」

說著說著，古蓮一把抱起了小女孩，朝背後輕輕拍了拍。

結果，小女孩哭得愈來愈大聲。

希利爾不安地望向古蓮。

「這、這樣抱起來沒關係嗎？哭聲感覺比剛才更強烈了……該不會，這個小女孩怕高吧……？」

「這種哭法，是感到安心才哭的啦。」
一如古蓮所言，小女孩起初雖然放聲大哭，但音量很快就降了下來。
莫妮卡與希利爾都忍不住帶著尊敬的眼神仰望古蓮。
「古蓮同學，好厲害……」
「原來你很慣於照顧孩童啊。」
「畢竟，我家有兩個妹妹咩。然後，附近鄰居也常把那些小鬼頭交給我帶嘛。」
古蓮帶著稀鬆平常的口吻描述，以更較平時沉穩的嗓音向小女孩搭話。
「名字，講得出來嗎？」
「亞──……黑亞，不見了──」
「黑亞？」
古蓮正歪頭感到不解，小女孩就吸著鼻子啜泣起來，不停嚷嚷著：「黑亞，黑亞～」
「是在找那個叫『黑亞？』的傢伙嗎？唔嗯～沒什麼印象呢～妳想見那個黑亞嗎？」
小女孩沒有回答古蓮的問題，只是反覆傷心地哭喊：「黑亞～」
「要是真的迷路了，就不能置之不理。把她帶去教職員辦公室吧。」
語畢，希利爾從地面起身，隨即「咕啊」呻吟一聲，再度抱著痛腳蹲下。

＊＊＊

「──事情就是這樣，我們在追蹤偷肉賊進入森林後，邂逅並收容了這名小女孩。原本打算帶她到教職員辦公室去，無奈教職員正在開會，在會議結束前，只好先把她帶來學生會社辦照顧。」
聽完希利爾的報告，坐在學生會長座椅上的菲利克斯應了一聲「這樣啊」，沉穩地望向小女孩。
在森林裡遇見的這名小女孩沒有哭鬧，就只是揪著莫妮卡的裙襬，靜靜待在原地。
小女孩的年紀研判是三至四歲，一頭明亮的金髮綁在兩旁，打扮得十分可愛，考慮到身上的外出服質地不凡，家境相信還算優渥。
爬出草叢時明明又哭又叫，現在卻緊閉著雙唇沉默不語。就連在移動中被古蓮與希利爾出聲搭話，小女孩也始終維持一貫的沉默。
小女孩之所以會揪住莫妮卡的裙襬，恐怕也不是因為特別親近莫妮卡，只是剛好有個高度適合的東西方便抓而已。
（被這麼多陌生人包圍，一定很害怕吧……換作是我，或許會當場昏倒，也說不定。）
學生會室裡除了菲利克斯，還有艾利歐特與布莉吉特兩位書記在場，各自都停下了手邊的工作觀察小女孩。只有總務尼爾剛好離席。
「所以……」
艾利歐特靠在桌面上托腮，瞇起下垂眼一臉傻眼地望向希利爾。
「為啥不是迷路的小孩，而是你給人揹在背上？」
「……我在調查森林的過程中負傷了。」
「喔～所以才勞煩學弟揹你啊。好巧不巧，這學弟除了揹你，還順便揹了偷肉賊嫌疑。」
面對惡意全開不隱藏的艾利歐特，希利爾與古蓮都忍不住面有慍色。
秉持階級至上主義的艾利歐特，對於庶民就讀賽蓮蒂亞學園一事始終頗有微詞。

對這樣的他而言，毫無半點貴族風範的古蓮尤其礙眼。

只見艾利歐特一臉冷笑地開口，八成打算繼續唇槍舌劍吧。說時遲那時快，菲利克斯率先插嘴打斷了他。

「教職員會議大概再半小時左右就會結束才是。在那之前，就由我們學生會幹部代表賽蓮蒂亞學園，好好招待這位小貴賓吧。」

牽制得相當委婉，但艾利歐特依然故我，用鼻子哼了一聲。

「學生會幹部的職務可不包括當保母。這種事找僕役處理就行了吧。」

這時，希利爾狠狠瞪向了擺出如此攻擊性態度的艾利歐特。

若說艾利歐特是階級至上主義，希利爾就是殿下至上主義。

面對出言忤逆菲利克斯指示的艾利歐特，希利爾以銳利的口吻回嘴。

「再三十分鐘教職員會議就結束了。既然只是這種程度的時間，我們理當自己設法吧。」

「是喔，那～你就當個稱職的奶爸來瞧瞧啊。讓學弟當嬰兒揹的副會長閣下。」

希利爾太陽穴青筋暴露，身旁開始飄散冷氣。揹著希利爾的古蓮隨即發出哀號。

「副會長！好冰！好冰啦！背上整個冷冰冰啦～！」

「不、不好意思。先把我放下吧。」

從古蓮背上離開，希利爾往椅面就坐。雖然已經做了緊急處置，但八成還是痛到連站著都很難過。

希利爾轉朝揪著莫妮卡裙襬的小女孩發問。

「我的名字是希利爾．艾仕利。是這所賽蓮蒂亞學園的學生會副會長。可以告訴我妳的名字嗎？」

「……」

「年齡呢？」
「……」
「監、監護人的名字呢？」
「……」
希利爾的表情愈來愈僵硬，小女孩的臉也矇上了陰霾。
艾利歐特傻眼地哼了哼。
「你這根本就是在質詢犯人吧。」
「不然你說其他還能聊什麼！」
「那還用說，聊些小孩子會開心的話題啊。」
忽然間，艾利歐特露出靈機一動的表情，不懷好意地笑著轉頭望向莫妮卡。
「那邊的小松鼠，有過當保母的經驗嗎？」
「咦唔？」
「同樣都是小孩子，感覺相處會很融洽不是嗎。」
艾利歐特笑瞇瞇地交互望向年幼的小女孩與莫妮卡，這是在揶揄莫妮卡的外表看起來比實際年齡更稚齡。
「我、我下個月，就十七歲了……」
小聲反駁的同時，莫妮卡開始思索。
當保母的經驗什麼的，自己從來就沒有過。可是，莫妮卡希望能以學生會幹部的身分為大家做出點貢獻。

（小孩子會開心的話題……開心的話題……開心……有了，沙姆叔叔的小豬！）

就是這個，這個絕對會讓小孩子開心。莫妮卡握緊拳頭，語調飛快地開口。

「那我來，解說要怎麼透過沙姆叔叔的小豬童謠，證明餘數數列的週期性！」

室內瀰漫起令人傻眼的氣氛。

莫妮卡幹勁十足地用鼻子噴氣，自信滿滿地斷言道：

「一定會聽得非常開心的！」

古蓮這個平時不太會批評別人的差不多先生，這會兒也忍不住吐槽。

「莫妮卡，妳那樣不如直接唱《沙姆叔叔的小豬》比較好唄？」

「唔，唱……唱歌……我實在不太拿手……那個，如果只是數列的內容，要唱多久都沒有問題……不過，旋律的準度之類的，就有點……」

沒救啦～艾利歐特搖著頭低語。

或許是感受到旁人的困惑，小女孩臉上壟罩的陰霾，已經到了只差一步就要再度放聲大哭的地步。

艾利歐特忍不住皺起眉頭，有如求救般地望向布莉吉特。

「我記得，布莉吉特小姐有個妹妹對吧？」

不管誰都好，想想辦法吧——感受到艾利歐特這番言下之意的布莉吉特，只是輕描淡寫地回應，甚至沒停下手邊的書面作業。

「是呀，一年說不到幾句話的妹妹。」

看來，姊妹倆相處得算不上融洽。

艾利歐特伸手按上額頭，仰天長嘯起來。

「該死。為啥就偏偏這種日子，梅伍德總務剛好不在啊。」
希利爾也鬆開抱胸的手臂，按住額頭面有苦色地呻吟。
「咕唔，要是梅伍德總務在的話……」
莫妮卡也默不作聲地心想：
（要是梅伍德大人在場，一定能想出好辦法的說……！）
總務尼爾．庫雷．梅伍德雖然並沒有流傳過什麼善於帶小孩的事蹟，但卻是個一眼就看得出他個性溫和的隨和青年。
若是身為〈調停者家系〉一員的他在場，一定就連大家與小孩間的關係都能調停。絕對能設法解決這個尷尬的現況——尼爾就是會讓人產生這樣的信賴。
可惜就碰巧在這種時候，尼爾有事離席。他現在正為了替校慶善後，前去與各部門的部長討論協商，還有好一陣子回不來。
古蓮雖是抱起了緊揪莫妮卡裙襬的小女孩哄著玩，但小女孩圓滾滾的雙眼已經泛起淚光。再度嚎啕大哭只是時間的問題。
現場無論是誰，都向小女孩投注驚恐的眼神，就如同眺望著即將爆炸的火藥。
就在這種狀況下，菲利克斯自椅面上起身，掏出了一條手帕。
（手帕？殿下想做什麼呀？）
還以為是不是打算用手帕為小女孩擦拭眼淚，沒想到菲利克斯是折起手帕捏圓，再經過幾道手續，拉出手帕的四角，白色手帕就這麼搖身一變，成了隻兔寶寶。
菲利克斯湊到被古蓮抱起的小女孩面前，舉起這隻即席製作的兔寶寶玩偶擺出動作。

「午安，這位小淑女。」

「黑亞——！」

小女孩當場綻放出笑容。

帶著柔和的微笑，菲利克斯拿出事先藏好的餅乾遞給小女孩。

「小淑女，請用餅乾。」

隨著「些寫～」這聲好似在道謝的嗓音，小女孩收下餅乾，一口氣塞得滿嘴。

就在咀嚼嘴裡塞到臉頰都鼓起來的餅乾時，小女孩也始終盯著兔寶寶玩偶不放。菲利克斯晃啊晃地擺動起兔寶寶，小女孩便伸出小小的手掌朝玩偶追去。

望著菲利克斯令人嘆為觀止的手法，希利爾不由得出聲讚嘆。

「不愧是殿下……！是殿下溫柔的心意打動了小女孩！」

「不，純粹是你應對小孩的方式太差勁而已吧。」

聽見艾利歐特的嘀咕，希利爾大肆散發冷氣回瞪。

「動口不動手的人，有什麼資格大放厥詞……」

「我可是提出了『找僕役處理』這個妥善無比的建議吧。」

咬牙切齒的希利爾，以及冷語聳肩的艾利歐特。

面對絲毫不掩飾火藥味的兩人，菲利克斯以沉穩的口吻發起指責。

「周圍劍拔弩張的氣氛，會影響到小朋友的。可以請你們好好相處嗎？」

聞言，希利爾立刻端正姿勢，望向艾利歐特一臉嚴肅地開口。

「殿下有令。就只限這段期間，准你把我稱為好朋友。」

「我說你啊～……」

＊＊＊

被古蓮抱在懷裡，讓菲利克斯哄著玩的小女孩，在吃下第三片餅乾以後，開始顯得有點靜不下心。

坐在沙發上抱著小女孩的古蓮，伸手來回撫著小女孩的背，小女孩便將臉頰朝古蓮的肩頭一靠，舉起右手在半空中徘徊。

「黑亞……」

菲利克斯舉起用手帕製作的兔寶寶玩偶，悄悄讓好似在尋找什麼的小女孩握住。小女孩就這麼含著兔寶寶的耳朵，安心地發出了鼾聲。

「……睡了嗎？睡著了吧？」

「……嗯，看起來似乎是睡了。」

艾利歐特與希利爾——這兩位即席好朋友壓低音量交頭接耳，筋疲力盡地倒向桌面。

另外，兩人雖然好像一臉疲憊，但實際上幾乎什麼也沒做。把小女孩一路哄到入睡的，是古蓮與菲利克斯。

艾利歐特與希利爾從頭到尾就只是屏氣凝神，嚥著口水守在一旁罷了。順帶一提，莫妮卡其實也半斤八兩。

這時，在這場騷動中維持一貫的事不關己態度，始終不停撰寫文件的布莉吉特，拿著寫好的文件從椅面上起了身。

「差不多是教職員會議結束的時間了吧。我反正有文件要交，就順便去向師長通報一聲。」

「哎呀，我原本打算自己跑一趟的。」

聽到菲利克斯的回應，布莉吉特輕輕搖了頭。

「殿下晚點還得為了下週校內預演的事開會吧。」

「是沒錯。不好意思，那就麻煩妳嘍。」

見菲利克斯露出柔和的微笑，布莉吉特瞇起琥珀色的雙眸，凝視小女孩緊握在掌中的兔寶寶玩偶。

用手帕折成的玩偶雖然有點失去原型，但還是保有兔寶寶的架構。

「我一直都不曉得。原來，殿下這麼擅長哄小孩呀。」

「身為王族，看重自己的人民，不是天經地義的嗎？」

「……是呀，一點也沒錯。」

留下這句話，布莉吉特便走出了學生會室。

菲利克斯也將手邊的文件整理齊全，起身向大家關切。

「那麼，我也差不多該離席去開會嘍。希利爾，後續可以交給你處理嗎？」

「是，當然！」

「謝謝你。等找到那孩子的監護人，記得到醫務室去好好診療你的腳傷喔？」

帶著雖然沉穩，卻又不由分說的語調對希利爾再三叮嚀之後，菲利克斯也離開了學生會室。

被留在房間內的莫妮卡、古蓮、希利爾，以及艾利歐特四人，不經意地陷入了沉默。

就這麼過了幾分鐘，一記微弱的聲響忽然傳進莫妮卡耳裡。

（這是什麼聲音？感覺上，好像是從腳邊傳出……來的……）

聽起來很像尼洛在床上走來走去時的聲音。這是小型生物在布巾上移動所發出的聲音。

莫妮卡以外的對象，似乎也注意到了聲響。大家都轉而望向地面。

率先察覺聲響真面目的人，是希利爾。

「兔子？」

希利爾視線的前方——桌面下有一隻白色的兔寶寶。那不是手帕折成的玩偶，是貨真價實的白兔。

「不，為啥這種地方會有兔子出現啊？」

艾利歐特一臉狐疑地皺起眉頭。

在眾人環伺之下，白兔從桌底一躍而出，朝坐在椅子上的希利爾撞過去，直接命中左腳。

「咕，啊……」

扭傷的部位遭到白兔猛力衝撞，希利爾發出難以言喻的呻吟聲。

接著或許是顧慮到入睡的小女孩，希利爾反射性伸手遮住嘴巴，帶著擠成一團的痛苦不堪表情，低頭望向白兔。

「這個感觸……難道說，在森林裡撞到我的，就是你嗎？」

這麼一提，從斜坡上跌落時，希利爾就是主張有東西撞到自己的腳，才會被絆倒。

森林裡有兔子出沒也不足為奇，可這裡是位在四樓的學生會室。

（到底，是從哪裡跑進來的……？）

長長的耳朵一抖一抖地擺動，抬頭仰望希利爾的白兔，忽然身輕如燕地朝地面一蹬，跳到了希利爾的腿上。

只見希利爾肩頭一顫，也不知是不是多心，平時總繃得緊緊的嘴角，現在好像有點想上揚似地蠢蠢欲動。

「為什麼，會有兔子跑到這種地方來……？」

說著說著，希利爾雀躍地脫下手套，按在白兔的背上開始撫摸。撫摸著毛絨絨兔背的希利爾，喜形於色的程度教人想不發現都難。

古蓮把入睡的小女孩重新抱穩，笑容滿面地說道：

「副會長，請你就這麼抓穩牠。我這就把牠宰了做兔肉！」

聞言，希利爾瞪大眼睛望向古蓮。

這肉店小開還幹勁十足地接話。

「處理兔肉時，最好是趁宰殺完馬上冰鎮，現在剛好有副會長幫忙保冰，萬無一失哩！」

希利爾面無表情地抱起白兔，二話不說放到地面上。

白兔俐落地開跑，從微微打開的門縫往走廊一鑽，逃出了學生會室。

「為什麼要放走牠啊！」

「我、我手滑了！」

吶喊的古蓮，以及理由過於牽強的希利爾。

手忙腳亂的莫妮卡，忍不住出聲制止這兩人。

「那個、那個，聲音太大的話……」

古蓮與希利爾這才回神，轉頭望向小女孩。幸好小女孩依然睡得香甜。

一行人「呼——」地鬆了口氣，這時，一位身著長袍的老人從白兔逃離的門口往室內探頭。

雙眼與嘴巴都被雪白眉毛及鬍鬚覆蓋的這位老人，是教導基礎魔術學的瑪克雷崗教師。

「不好意思啊。聽葛萊安同學說，我孫女好像在你們這兒？」

視力欠佳的瑪克雷崗撐著拐杖往沙發走去，湊到古蓮抱在懷裡的小女孩面前，近距離觀察小女孩的五官。

「喔喔，果然沒錯，是露喜兒。他們一家人要來找我，從昨天起就在校園附近入宿，我看，這孩子八成走散了。是你們幫忙照顧露喜兒的嗎？真謝謝啊。」

絲毫沒參與到保母活動的艾利歐特，擺出一臉好似自己非常善盡職守的表情回應瑪克雷崗。

「別這麼說，瑪克雷崗老師。露喜兒小姐的雙親肯定非常著急吧，要幫您聯絡一聲嗎？」

「嗯，這點不用擔心，我兒子是魔術師，有安排中階精靈隨時跟在露喜兒身邊。只要讓那個精靈去傳話，應該馬上就能通知到他們了。」

精靈有分為高位、中階與下級共三種位階，其中能力範圍涵蓋最廣的就是中階。

有些中階精靈能夠理解人類的語言，當然也有一些無法溝通。

只是，總歸來說，中階精靈的智能既不算太高，也無法以人型現身。因此基本上都是化身成動物的姿態。

（啊咦，等等。難不成……）

一種推測才剛浮現在莫妮卡的腦海裡，就立刻被瑪克雷崗道出解答。

「那精靈叫伊斯托雷亞。平時都化身成兔子的模樣喔。」

除了瑪克雷崗，在場所有人都同時望向希利爾。希利爾則是一臉鐵青，抖著嘴說不出話。

瑪克雷崗撫著鬍鬚繼續補充。

「只不過，伊斯托雷亞脾氣有點壞就是啦。智能畢竟不怎麼高，一沒看緊馬上就會惡作劇。雖然有副兔子的外表，內在終究還是精靈，沒那麼好對付，讓人傷透腦筋呢。要是你們看到了，就拜託幫忙抓起來嘍。」

親手放走精靈的希利爾，隨著一股有如將赴死地就義的悲愴感，從椅子上起身。

「我會負起責任，把精靈抓回來……！」

語畢，希利爾拖著左腳起步離去。莫妮卡慌忙揪住希利爾的外衣。

「希利爾大人，你、你不能站起來啦！」

「別阻止我，諾頓會計。都怪我……都怪我自作主張放走牠……」

眼見希利爾滿臉苦悶地拖著腳一拐一拐前進，古蓮將懷裡的小女孩擺到沙發上開了口。

「那不然，讓我去找唄！」

莫妮卡也立刻舉手附和。

「我也去，我也一起去找！所以，請希利爾大人在這裡，好好靜養。」

兩位學弟妹自告奮勇的行徑，讓湧現萬般思緒的希利爾語塞了好一會兒，才輕聲細語地道出一句

「……拜託了。」

＊＊＊

從學生會室移動到走廊後，莫妮卡與古蓮決定兵分兩路。

「我往右邊去找，左邊就拜託莫妮卡了！找到了儘管出聲叫我，我馬上咻～地飛奔過去！」

「好的！」

點了點頭，莫妮卡東倒西歪地踩著不靈活的腳步在走廊上開跑。其實在走廊上跑步是會挨希利爾罵的，但現在情況緊急。

就在莫妮卡跑過走廊轉角時，走廊窗口突然跳下一隻黑貓。

「喔～莫妮卡。今兒個好像鬧得特別熱鬧嘛？」

「尼～洛～……」

莫妮卡蹲到地板上，狠狠地瞪向尼洛。

「帶骨肉，好吃嗎？」

「好吃啊，肉果然還是帶骨的最讚啦。啊，不過，我有好好把骨頭留下來，沒有咬碎喔。本大爺真懂事！」

「……嘿呀。」

保持著蹲在地上的姿勢，莫妮卡抓住尼洛兩隻前腳，硬是向上拉成雙手高舉的「萬歲」姿勢。貓咪柔軟的身體，就這麼被向上拉伸開來。

「喂！妳幹喵啦！」

「都怪尼洛你亂跑去偷吃肉，害古蓮同學跟希利爾大人，惹上了這麼大的麻煩！」

真的是名副其實的大麻煩。

具體而言，主要是被冠上偷肉賊的嫌疑，以及在斜坡上跌倒，摔個東倒西歪扭傷腳。

「而且，你偷吃的不只帶骨肉，連古蓮同學的火腿都沒放過對不對。」

被迫擺出萬歲姿勢的尼洛小小歪了頭。

「火腿？妳在說什麼？」

「掛在燻製器裡面的火腿，不是尼洛吃掉的嗎？」
「本大爺吃掉的，就只有帶骨肉而已啊？」
「……咦？」
莫妮卡反射性地發出傻呼呼的聲音，尼洛則扭了扭鼻子，將視線投向莫妮卡的身後。
「從那個方向，可以聞到火腿的味道。」
同時還響起一陣某種物體在地面被拖行的聲音。
抱著「該不會」的念頭回過身去，映入眼簾的光景，是把火腿殘骸叼在嘴裡拖行的白兔——精靈伊斯托雷亞。
尼洛忍不住瞪大金色的雙眸。
「那個，是精靈嗎？原來精靈也吃肉啊。」
「……我有聽說過，凡屬於大地恩澤的作物或牲禮，都是地靈喜歡的供品。」
看來不光是穀物與蔬菜，也是有精靈獨鍾肉類的。
尼洛鼓起喉嚨發出「剎——」的威嚇聲，但白兔依然故我，自顧自地大口大口啃火腿。
威嚇落空的尼洛用鼻子哼了一聲。
「這精靈腦袋不怎麼靈光啊。魔力也沒啥大不了的。那個女僕姊姊強多啦。」
女僕姊姊——琳是高位精靈。強度不是中階精靈可以相提並論的。
但中階精靈的魔力依然有一定的水準。絕對不是能夠掉以輕心的對手。
「尼洛，你被人發現會很傷腦筋，先到外面去。」
「有什麼狀況要叫一聲啊。」

嗯──莫妮卡點頭，讓尼洛從窗口跳出走廊。
白兔擺著從容不迫的態度繼續大快朵頤，彷彿莫妮卡根本不是對手。
那純真無邪的雙眼，有著不可能出現在普通野兔身上的橘色瞳孔。即使精靈能化身成人類或動物，也只有眼珠的顏色是改變不了的。
（要抓起來的話，先下封印應該是最妥當的……）
莫妮卡無詠唱展開了封印結界。
金光閃閃的鎖鏈浮現在白兔的四周。每條每條鎖鏈都是由小魔術式彙集而成。
（封印！）
鎖鏈瞬間收縮，眼看就要綁住位在中央的白兔，卻在剎那間被白兔跳躍閃過。
精靈以遠勝兔子的跳躍力一舉飛躍至莫妮卡頭頂，用前腳及門牙猛力扯起她的頭髮。
「好痛好痛好痛！嗚哇～～～～不要啊～～！」
「莫妮卡，你沒事唄？」
發出慘叫不久，啪噠啪噠的腳步聲便傳進耳裡。
是古蓮聽到慘叫聲趕了過來。
眼見白兔正扯著莫妮卡的頭髮，古蓮立刻動手抓捕，但白兔卻用莫妮卡的頭頂當立足點起跳，以後腿往古蓮鼻子一踢，輕快地降落地面。
古蓮「嘎啊」一聲後仰。
白兔重新叼起落在地板上的火腿，回頭望向莫妮卡與古蓮，用鼻子「哼嘶～」了一聲。
即使不會說人類的語言，要人的意圖也徹底表露無遺。完全就把人看扁了。

白兔就這麼目中無人地叼著火腿，從走廊跑離現場。

「那傢伙就是真正的偷肉賊是吧！……氣死我哩！絕對要抓起來燉兔肉湯！」

「古、古蓮同學，那不是兔子，是精靈……」

也不曉得是不是已經氣得聽不見莫妮卡的聲音，古蓮揉著被踢的鼻子高速詠唱起來。

聽到詠唱內容，莫妮卡的表情當場僵住。古蓮準備施展的，是操控火球的攻擊魔術。

在室內使用與火相關的魔術時，對於魔力的操作必須有十分纖細的技術。

而古蓮的火球威力強歸強，魔術式本身卻存在不穩定而危險的部分。室外也就罷了，在室內使用難保不會上演大慘劇。

「古蓮同學……！」

該用無詠唱魔術干涉古蓮的魔術，或是在周圍展開防禦結界，莫妮卡一時之間拿不定主意。

沒想到，莫妮卡還來不及發起行動，古蓮就先停止了詠唱。浮在他手上的火球，隨著詠唱中斷「啪」一聲如霧氣般四散。

「不對不對。」

喃喃自語的同時，古蓮舉起雙手往臉頰用力一拍，發出清脆的啪嘶響聲。

莫妮卡驚訝地瞪大雙眼，古蓮隨即難為情地笑著開口。

「『愈是面對難題，愈要腳踏實地』……沒錯唄。」

「……！是的！」

雙手抱胸訓斥的希利爾身影出現在腦內，莫妮卡與古蓮彼此對望一眼，笑了出來。

「要是不小心燒壞校舍，害會長跟副會長困擾就糟了咩。還是老老實實追上去吧。」

「關於這點，那個……」

仰頭望向幹勁十足，動手捲起袖子的古蓮，莫妮卡忸忸怩怩地提出建議。

「我有一個，誘捕伊斯托雷亞的作戰。」

「用火腿嗎？那好，我這就來去調貨……」

莫妮卡苦笑著搖頭。

確實那個精靈看起來對火腿情有獨鍾，但對精靈而言，還有一種餌的魅力更在這之上。

「那個精靈之所以會接近希利爾大人，我想……大概是因為希利爾大人戴著胸針型魔導具，的關係。因為精靈喜歡魔力集合體……」

具備過剩吸收魔力體質，不時就會釋放超量魔力的希利爾更是不在話下。看在精靈眼裡，相信就與魅力無窮的餌沒兩樣。

這般殘酷的真相，對於被白兔跳到腿上就心花怒放的希利爾，實在極度難以啟齒。

「那～要去向副會長借用他的胸針嗎？」

「不，這樣會讓希利爾大人傷腦筋……我們用那個吧。」

說著說著，莫妮卡轉頭望向用來準備紅茶的小房間。

＊　＊　＊

化身成白兔的精靈伊斯托雷亞，正在走廊角落好整以暇地享用火腿。

精靈這種生物，若非待在充斥高純度魔力的場所，就無法長時間活動。與世間瀰漫魔力的舊時代不同，精靈在現代能棲息的地域有限。

這種狀況下，出現了一種讓精靈拓展活動範圍的方法，那就是與人類魔術師締結契約，由契約者穩定提供高純度的魔力。伊斯托雷亞也是如此。

然而，有別於高位精靈，身為中階精靈的伊斯托雷亞，能夠遠離契約者行動的時間並不長。

如今因為長時間離開契約者身邊，伊斯托雷亞用來構成身體的魔力，已經失去了一半以上。

攝取被歸類為大地恩澤的肉品後，魔力雖是多少恢復了些，但可能的話，還是希望能獲得直接的魔力供給。

在森林裡遇見的銀髮人類，就這層意義而言真是既方便又好用。不但隨時散發體內多餘的魔力，最重要的是，還配戴著魔導具這種魔力集合體。

精靈就是容易被魔導具給吸引，伊斯托雷亞也不例外。

等吃完這塊火腿，再去找那個人類好了——如此思考的伊斯托雷亞，耳朵突然一抖一抖地打顫。

有魔力集合體在靠近。是魔導具。

起初認為是不是那個人類又來了，但魔力的性質不同。正在接近的是火屬性魔力。

伊斯托雷亞抬起小小的腦袋，人類的腳步聲隨即傳進耳裡。一步步溫吞走來的，是那個把淺褐色頭髮綁在一起的嬌小少女。

少女雙手緊握著一面銀色的板子，有如盾牌般舉在身體正前方。板子上鑲了一顆紅寶石，可以從寶石鑲嵌處感受到魔力。這面銀色的板子是魔導具。

「看、看這邊，喔！」

硬是繃緊了顯露怯色的面容，少女將銀板魔導具伸手舉向前。

伊斯托雷亞對於締結契約的人類算是抱有一定程度的尊重，但也同時抱著弱肉強食的動物思維，凡是搶得到手的東西都想搶。

這樣的動物本能正在訴說——眼前這個人類不如自己。

既然她剛才施展過封印魔術，想必是魔術師吧。但，她的體能極度低落。說得極端點，看起來就笨手笨腳的。

伊斯托雷亞從喉嚨發出「剎——」的吼叫，在搶奪魔導具的意念驅使下，朝銀板魔導具飛撲而去。

外表看起來就很膽小的少女，雖然「噫」地慘叫了一聲，卻沒放下手上的魔導具。

「莫妮卡，就是現在，萬歲！」

「豪的～～！」

伊斯托雷亞攀住的銀色板子，被少女連同伊斯托雷亞一起雙手舉高。

緊接著，躲在一旁的金茶色頭髮青年直奔而來。看來這名手持魔導具的少女只是誘餌。

青年攤開脫下的外衣，把伊斯托雷亞包在裡頭。

「抓到哩！莫妮卡，妳腦筋轉得真快。竟然拿加熱用魔導具當幌子。」

「欸嘿嘿……因為剛剛才讓，希利爾大人指導過我用法。」

在外衣內不停掙扎的伊斯托雷亞，打算做出最後的抵抗。

伊斯托雷亞是地之精靈。所以，某種程度上可以自由操控土壤或砂石。

考慮到性質，一旦身處室內，這項能力在就會大幅受限。幸運的是，附近的窗戶正好開著。伊斯托雷亞於是從室外呼喚砂塵，準備遮蔽這兩個人類的視線。

沒想到，伊斯托雷亞所操縱的砂，突然遭到強風給吹散。

這陣風不是普通的風。是魔術——而且還極其精緻、極其強力。

從外衣縫隙探頭出來的伊斯托雷亞，發現淺褐色頭髮的少女正面無表情地凝視著自己。

少女舉起食指貼上嘴唇，小聲地開口。

「不可以，喔。」

伊斯托雷亞的動物本能即刻理解到——

在場最強的並非身為精靈的自己。而是明明未經詠唱，卻行使了高強魔術的這個人類。

＊　＊　＊

希利爾．艾仕利正一臉鐵青地趴在桌上，雙手抱頭。

「豈止是負傷拖累學弟揹我，現在甚至讓學弟妹為了我的失態收拾善後……」

沒能察覺白兔是精靈，還擅自放跑白兔的事，希利爾打從心底感到後悔。啊啊～都怪自己被那毛絨絨的毛皮卸下了心防！

其實自己隨時都想奪門而出追上他們倆，偏偏扭到的左腳光是稍微承受點體重就痛得不得了。拜緊急處置之賜，小心走路姑且算不成問題，可想跑步還是很困難。

希利爾還在痛感自己的無力，艾利歐特又不懷好意地笑了起來。

「這不是很好嗎，有學弟妹幫你擦屁股。果然平民出身就受平民愛戴。」

艾利歐特話中帶刺地酸起與平民沒兩樣的古蓮與莫妮卡，以及原本是平民的希利爾。

光是對自己出言不遜就很令人不快了，更令人憤怒的是那種取笑學弟妹的口吻，希利爾立刻表情嚴厲地反駁。

「可以請你不要侮辱我的學弟妹嗎。」

「侮辱？我只是陳述事實吧。」

兩人彼此互瞪時，一陣呣呢呣呢聲從沙發的方向響起。是瑪克雷崗的孫女——露喜兒小姐睡醒了。

希利爾與艾利歐特紛紛別過臉去，按耐住充滿火藥味的氣息。

露喜兒原本躺在沙發上賴床，不久便發現祖父瑪克雷崗坐在一旁，隨即露出開懷的笑容。

「阿公——！」

「嗯，阿公來嘍。露喜兒是自己跑來的嗎？」

聽瑪克雷崗這麼問，露喜兒舉起了握在手裡的兔寶寶玩偶。

「黑亞！還有黑亞！」

「這樣啊，伊斯托雷亞也一起是嗎。」

直到這一刻，希利爾才察覺到，小女孩不時喚著的「黑亞」，指的原來是那隻白兔——伊斯托雷亞。幼兒的語言實在不易理解。

逗著露喜兒的瑪克雷崗，轉頭望向希利爾開口。

「這麼一提，那兩個去找伊斯托雷亞的同學，要不要緊啊？」

「他們都是我的學弟妹。相信絕對會負責到底，履行自己的職務吧。」

莫妮卡與古蓮——指派工作時，兩人雖然都充斥令人不安的要素，但自己終究身為學長，豈能率先失了信心，希利爾不停在內心喊話。

闔上白眉毛下的眼皮，瑪克雷崗開始低聲呢喃。

「……那個達德利同學，不好好盯著，沒問題嗎？」
這番火藥味十足的發言，聽得希利爾不禁皺眉。
言下之意，簡直就像在指責——沒好好監視古蓮，是有問題的。
「請問您這番話是？古蓮．達德利的品行有點問題雖然是事實……」
在走廊亂跑，制服又穿得邋裡邋遢，還翹課跑去燻製火腿……希利爾回顧著古蓮種種荒唐行徑，這時，瑪克雷崗動起鬍鬚下的嘴巴再度喃喃細語。
「所以，你信得過達德利同學啊？」
「因為他是我的學弟。」
眼見希利爾答得不加思索，瑪克雷崗好似陷入沉思地默不作聲。
然後用手指扯著鬍鬚，輕聲咕噥道：
「他，在米妮瓦……」
「我回來哩！」
隨著蓋過瑪克雷崗咕噥聲的大嗓音，學生會室的大門被猛力打開了。
開門的人是古蓮。身旁還跟著莫妮卡。
古蓮活力十足地舉起手上的外衣。兔子的長耳朵，就從那包得鼓鼓的外衣縫隙間裸露在外。
「副會長，我們抓到偷肉賊哩！我這就來宰殺，還請幫忙冰鎮！」
「別宰殺精靈！……不，慢著，偷肉賊？」
「犯人就是這傢伙！沒吃光的火腿殘骸還留在走廊哩！」
竟然——希利爾難以置信地瞪大雙眼，瑪克雷崗則「嗯～嗯～」地點頭稱是。

「誰教伊斯托雷亞是大胃王嘛。該不會，牠偷吃了什麼伙食？不好意思喔？」

沒想到那麼毛絨絨又可愛的白兔竟然是偷肉賊，希利爾內心暗自受到衝擊。

可是無論如何，這樣今天發生的事件就全數解決了。

迷路的小女孩找到了監護人，逃亡的精靈順利落網，偷吃烤肉的真凶也查明了。

身為學長，這裡應該好好誇古蓮與莫妮卡幾句吧。

就在希利爾正要開口的瞬間……

「唔哇～？」

古蓮突然發出慘叫。

白兔從上衣縫隙探出頭來，朝古蓮的手腕咬了一口。

上衣應聲掉落地面，裡頭的白兔當場重獲自由。

白兔環視周圍一圈，猛力朝地面一蹬，不知為何朝莫妮卡飛撲過去。

被白兔咬住手腕的莫妮卡「嗶嘎呀～！」地哀號。

「痛、好痛好痛好痛，不要啊～～為、為什麼，要咬我……不、不要吃我啊～～～～……」

那是被逼入絕境的精靈，為了向最強大的敵人還以顏色，抱著必死決心發起的特攻。

然而看在希利爾等人眼裡，只像是白兔在襲擊最柔弱的莫妮卡。

在場所有人內心都浮現的想法，艾利歐特不經意地出了口。

「……兔子在吃小松鼠。」

十分鐘後，白兔再度落網，渾身齒痕的莫妮卡與古蓮，只得與希利爾一同啟程前往醫務室。

被咬得到處是齒痕，抽咽啜泣的莫妮卡，以及與拖著腳的希利爾勾肩搭背，幫忙支撐的古蓮。

目送這些滿身瘡痍年輕人的背影離去，瑪克雷崗靜靜地自言自語。

「有交到好朋友跟好學長，真是太好了。」

「阿公？」

孫女露喜兒把伊斯托雷亞抱在胸口，仰頭望著瑪克雷崗。

沒事沒事——瑪克雷崗露出微笑，牽著孫女的手邁出步伐。

「年輕人能夠健全地成長，就是最好的，就是最好的了。」

＊＊＊

偷肉賊事件、收容迷途小女孩，以及抓捕精靈騷動的翌日午休，學生會副會長希利爾·艾仕利來到了賽蓮蒂亞學園的後院散步。

（實在是，昨天未免太折騰了。）

不但在學弟妹面前上演大失態，到頭來還讓他們幫忙收拾善後，此外又因為扭傷，暫時跑不了步，毫無可取之處的一天。

實戰魔術課方面，也被吩咐暫時只能從旁觀摩。

三不五時就吵著要決鬥決鬥的魔法戰社社長白龍·加勒特，更是為此顯得大失所望。

（加勒特社長，對魔法戰的熱情竟是如此強烈啊。）

真是對不起他——抱著過意不去的想法，希利爾護著左腳繼續邁步。

在校園的後院，偶爾會遇見貓咪之類的小動物。

剛巧今天偶然地——沒錯，是偶然，偶然在口袋放了些小魚乾，打算有看到貓咪就拿去餵牠。昨天發生偷肉賊騷動時，說實話，內心捏了一大把冷汗。

萬一飢餓的凶暴肉食動物襲擊了後院的貓咪……一想到這裡，希利爾就坐立難安。

不過，那凶暴的肉食動物其實是地靈伊斯托雷亞，而且已經成功捕捉收容，相信今後是不必再杞人憂天了。

希利爾停下腳步，轉頭巡視後院日曬良好的場所。

平時黑貓總會賴在這一帶無所事事，但今天卻不見蹤影。如果掏出魚乾，是不是能用味道把牠釣出來呀。

就在希利爾從口袋取出魚乾的同時，一陣宏亮到嚇人的嗓音自頭上響起。

「副會長——！」

仰頭一看，是用飛行魔術浮空的古蓮正在頭上招手。手上還握著一個巨大的碟子。

古蓮輕飄飄地降落到希利爾面前，把手上的碟子遞向希利爾。碟子上面盛的，是閃閃發光的麥芽糖色燻雞肉。

「我作了煙燻肉當作昨天的謝禮，還請不吝品嘗哩！啊，這個是用短時間煙燻手法燻出來的……」

「恕我拒絕。中餐我已經吃過了。」

「副會長瘦得皮包骨的，多吃一點比較好啦。」

自己偷偷在意的地方被人當面指明，希利爾不悅地癟嘴，朝古蓮瞪了一眼。

古蓮望了望希利爾手上的魚乾，露出好似驚覺什麼的表情。

「副會長，你那魚……」

「不、不是你想的那樣。那個，偶然……對，這是偶然在口袋裡找到的。」
「副會長，你不用瞞我沒關係啦。」
面對含糊其辭的希利爾，古蓮帶著宛若洞悉一切的神情不停點頭。
「原來副會長愛吃的是魚啊！」
「……」
「喜歡到想要躲起來偷吃的地步對吧？」
「啊、嗯，是啊，沒錯。」
單手抓著魚乾，動作生硬地點頭，古蓮隨即亮出雪白牙齒笑了起來。
「下次我做些煙燻魚肉給副會長吃，敬請期待哩！」
「那麼閒就先去讀書！」
冰之貴公子的怒號，響徹了一望無際的青空。

✦幕間　抵抗不可理喻之力

砂塵在古蓮前方捲起，砂塵後方現形的，是全身布滿紅褐色鱗片的火龍。體型大概比公牛再大上一些吧。

火龍在龍種內屬於較下級的種族，話雖如此，也不代表可以掉以輕心。只要那利爪隨手一揮，就十分足以對人類造成致命傷。更重要的是，火龍這生物一如其名，是會噴火的。

「古蓮，你還在發什麼呆。」

古蓮冷汗直流的背部，被師父〈結界魔術師〉路易斯・米萊用法杖頂住扭了扭。

今天為了實戰訓練，古蓮在路易斯帶領下，前來執行討伐火龍的任務。

路易斯在當上七賢人之前，是魔法兵團的團長，實力當然不在話下，還保有王國內排名前五的龍族討伐數。區區一兩隻火龍，隨隨便便就能輕鬆解決。

可是，對於古蓮這個才十五歲的見習魔術師來說，火龍實在是擔待不起的對手。至少絕對不是能夠單挑的對象。

即使如此，現實與師父仍舊是無情的。

「還不趕快展開詠唱。你想兩手空空豁出去特攻嗎？這樣的話，我幫你省點力氣，直接把你扔向火龍吧。」

雖然一副說笑似的口吻，但這位師父就是個會笑著把這種事付諸實行的人。

古蓮慌忙詠唱起來。可卻因為緊張過度，舌頭不聽使喚，沒辦法順利詠唱。

敵方與自己距離多遠？想狙擊龍族的弱點眉心，最恰當的角度是？既然目標是會動的，最佳解答就隨時都在變動。

想在緊迫的戰局下高速計算出持續變動的最佳解答，並以此為基礎編組魔力，其實困難得超乎想像。

火龍注意到這邊的動靜，踩著沉重的腳步緩緩逼近。

「唔……哇啊啊啊啊……」

古蓮的恐懼聲脫口而出，這時，法杖又戳在背上扭了起來。

「別停下詠唱。」

「可、可是，火龍發現我們了……！」

路易斯顯得有點傻眼，「唉～」地嘆了口氣，簡短詠唱一段咒文。

隨著一陣「鏗——」的堅硬聲響，火龍就好像被看不見的牆壁給阻擋一般，停下了腳步。原來是路易斯展開了防禦結界。

就如同〈結界魔術師〉這個稱號所示，結界術是路易斯的拿手好戲。

像這樣用結界限制敵人行動，把攻擊魔術往結界內的敵人盡情灌個過癮，乃路易斯最擅長的戰術。

「好了，目標行動都已經幫你限制住了，詠唱。」

「可、可是，就這樣展開攻擊的話……」

要隔著防禦結界發動攻擊時，必須在攻擊魔術中編組遠端術式，讓攻擊魔術能夠在結界的另一側發動才行。否則，自己的攻擊魔術也會被防禦結界給擋下來。
然而，古蓮並不會使用遠端術式那種高等技術。
如果就這麼發動攻擊魔術，命中的顯然不會是火龍，而是防禦結界。
路易斯就像是老早看穿古蓮的這種糾結，用鼻子哼了一聲。
「我會配合你攻擊的時機，把結界同時解除啦。」
聞言，古蓮慌忙重啟詠唱。一顆巨大到要用雙手才抱得住的火球隨即出現在古蓮面前。
慎重瞄準目標後，古蓮射出了火球。
「去吧——！」
火球朝著火龍的眉心直直飛去。
限制火龍行動的防禦結界在絕妙的時機解除，火球漂亮地命中了火龍眉心。
古蓮的魔術在命中準度上有待加強，但只論威力的話還算頗為出色。所以只要能好好命中眉心，便足以形成致命傷。
火龍抖動著巨大的身軀，脫力癱倒在地。
已經趁這段期間完成下一段詠唱的路易斯，動手揮揮法杖，在倒地火龍的上方生成冰槍，落下貫穿其眉心。
「討伐完畢。」
聽到路易斯的宣言，古蓮手腳一癱，一屁股坐到地上。
「累～～死人啦～……」
「也不過就放一發攻擊魔術，你是在胡扯什麼。」

「可是，這是在討伐龍耶。又不是什麼雞毛蒜皮的小事，會怕也很正常不是咩。」

看到古蓮嘟著嘴抱怨，路易斯的表情就像是看到了不懂事的壞孩子，一副傷腦筋的模樣搖頭。

「聽好了，古蓮。年輕不懂事的你，往後想必會面臨各式各樣的挑戰吧。到了那種時候，千萬要想起為師這番話——」

路易斯伸手按上自己胸口，露出有如要複誦聖句的聖人表情接話。

「——世間種種難題，十之八九都能用金錢與暴力解決。」

明明只要不開口，外表看起來就高雅又充滿氣質，偏偏路易斯・米萊這個男人，就是會肆無忌憚地講出這種話。

古蓮維持坐在地面的姿勢，翻起上吊眼望向自己的師父。

「……所以七賢人是金錢與暴力的化身咩？」

路易斯笑容可掬地往古蓮腦袋賞了一拳。

這個只有外表文質彬彬的師父，明明感覺很紳士，幹架卻特強。用拳頭揍人還比一些不入流的攻擊魔術更痛——古蓮總是這麼想。

低頭望向揉著腦袋的古蓮，路易斯繼續說道：

「如果不想被世間的不可理喻給吞沒，就設法累積實力吧。唐突降臨的不可理喻，是不會留給我們任何談判空間的。」

那是曾經遭受無數不可理喻的事物壓迫，並一一成功排除的強者，才說得出口的教誨。

古蓮也很清楚何謂不可理喻。自己也是一直被不可理喻的事耍得團團轉，等回神過來，已經成了路易斯的徒弟。

真要說起來，當下這個處境，對古蓮而言正是不可理喻的最貼切象徵。

「換句話說，如果不想輸給不可理喻的師父，要不就拿金錢賄絡，要不就用更勝師父的暴力解決，就是這麼回事咩！」

不可理喻的化身咧嘴一笑，高高舉起手上的法杖，古蓮趕緊慌忙逃離現場。

事件Ⅲ

諷刺家的憂鬱

～博愛音樂家與舊學生宿舍的傳聞～

The cynic's melancholy

「喔喔～美麗的人啊。容我向妳獻上這首音樂。」

語畢，班哲明．摩爾丁開始演奏手上的小提琴。

這首為了祝福恩愛男女而作的曲子，原本是以讓鋼琴彈奏為前提而寫的，想用小提琴詮釋，必須有高超演奏技術才辦得到。

因此，這首曲子也有能夠用空弦演奏的變調版，不過班哲明刻意挑了原版的曲調演奏。

優美而柔和的旋律，祝福相愛佳侶的愛情曲調，響徹了高中部二年級的教室。

在場無論是誰，都停下對話與手中的工作忘情聆聽。

在美妙的演奏畫下休止符之後，那位美麗的人，被獻上音樂的對象——高中部二年級的海恩侯爵千金克勞蒂亞．艾仕利啪答一聲闔上了原本正在閱讀的書。

接著，她彷彿讓脖子支撐都嫌累似的，慵懶地將頭垂向一邊，低聲開口呢喃。

「再怎麼悅耳的音樂，對於不想聽的人來說都只是純粹的噪音喔……聽，懂，了，沒？」

＊＊＊

大雨嘩啦嘩啦作響的早晨，艾利歐特．霍華德在被窩裡擠著臉，沉沉地呻吟了起來。

最討厭下雨天了。衣服會被打濕，頭髮會亂捲亂翹，小提琴的聲音也會糊掉，半點好事都沒有。

「艾利歐特大人，天亮嘍。」

僕役的聲音傳進耳裡，隨後棉被馬上被掀開。手法之俐落，掀得毫不留情。

凡是霍華德家的僕役都知道，一但手下留情，艾利歐特就會一路賴床到天荒地老。

還處於半睡半醒狀態的艾利歐特挺起上半身，口齒含糊地低語。

「嬤嬤，今天的紅茶幫我用秋摘的利格南姆調成奶茶……」

「我不是嬤嬤，是她兒子。」

「先幫我沖奶茶……」

「是是是。受不了，好讓人頭痛的小少爺。」

好讓人頭痛的小少爺——那是在老家負責照顧艾利歐特的奶媽，沒事就掛在嘴上的口頭禪。最近似乎連她兒子都傳染到這口頭禪了。真不愧是母子。在「受不了」之後，停頓一會兒的神韻與母親如出一轍。

「好了，請趕快打起精神。上課會遲到喔。」

上課。對，今天要上課了。

自己並不是睡在老家的床上，而是賽蓮蒂亞學園的男生宿舍。艾利歐特清醒的那一半頭腦已經如此理解到現況，但遺憾的是，剩下的另一半仍在睡夢中，身體也渴望著溫暖的棉被。

順從身體的渴望，艾利歐特舉手向棉被伸去，棉被卻立刻遭到僕役沒收。

「好了好了，請快點更衣。快來不及吃早餐嘍。」

「……嗯。」

「今天放學後有慈善義賣會吧？艾利歐特大人不去參加嗎？」

「……不去。」

在僕役協助下更衣時，外頭走廊傳來了希利爾氣急敗壞的罵聲。
「古蓮．達德利！不准在宿舍公共空間晾魚！」
「可是今天下雨，放在外頭曬不乾，就剛好那裡最通風咩～」
一大清早的，平民們可真有精神啊——隨口打著呵欠，艾利歐特茫然地心想。

＊＊＊

艾利歐特從小就拿早起沒轍。起床總覺得腦袋昏昏沉沉的，身體也很沉重。
即使如此，等整理好服裝儀容，到宿舍餐廳露臉時，也就差不多清醒了……本人是這麼認為的。
可實際上是下垂眼還顯得睡眼惺忪，動作也有氣無力的。
就在艾利歐特打著呵欠，無意義地把麵包撕成小片小片的時候，某人坐到了艾利歐特面前。
是當音樂家的老朋友班哲明．摩爾丁。
在夢幻縹緲的纖細五官上浮現憂愁神色，班哲明攤開雙手仰天長嘯。
「陷入瓶頸了！」
「……喔。」
「我陷入瓶頸了啊！」
「……喔。」
不停喚著瓶頸瓶頸的班哲明，以及滿眼睡意，隨口應聲的艾利歐特。
這樣的互動重覆十來次之後，艾利歐特的意識總算開始正式甦醒。

艾利歐特用紅茶把撕過頭的麵包碎屑沖下肚，向坐在對面呼天搶地的班哲明瞪了一眼。

「七早八早就吵得要命。是在嚷嚷什麼來著？陷入瓶頸？放你一百二十個心，你是天才，你演奏的音樂永遠是至高無上的啦。」

「喔喔，艾利歐特。我的摯友啊。我失敗了！歷經漫長嚴冬，感受著雪解川流聲，在春日陽光映照下甦醒的那個瞬間！那樣的喜悅！那股溫暖！那份感動！我絞盡腦汁都沒辦法用音樂加以詮釋……我的演奏，沒辦法成為融化積雪的太陽啊！」

「……具體來說，你闖了什麼禍？」

闖了什麼禍——這是長年交情之下導出的問句。

班哲明會陷入瓶頸，大體上都是為了女性問題鬧彆扭的時候。

這個男人是個多情種子，總是在社交界左擁右抱那些有閒情逸致的夫人，校慶時甚至一口氣和三位夫人調情。

肯定是校慶時三重約會的事穿幫了吧，當艾利歐特正如此心想時，班哲明就甩著他亞麻色的頭髮仰天哀號。

「我在克勞蒂亞．艾仕利小姐的面前演奏，結果被批得一文不值！」

「……」

艾利歐特反射性環顧了四周。幸好，雙眼可見範圍內沒有希利爾或尼爾的身影。

「你這傢伙——！克勞蒂亞小姐有婚約在身好嗎！是說，她大哥跟未婚夫都和我一起待在學生會，虧你真有膽告訴我這種事耶！」

「有什麼辦法，艾利歐特……一看到陷入情網的美麗女性，立刻會想要獻上音樂，這就是音樂家的本能啊。」

班哲明令人難以恭維的地方，在於他所偏好的女性類型。

他最喜歡的，就是戀愛中的美女。至於那位女性戀上的對象是不是自己，他基本上無所謂。

結果，班哲明往往都變成第三者，戀情就在自己一頭熱之下以失戀告終。

而在失戀之後，他要是不邂逅新的戀情，或者找到什麼別的事物令他熱衷，就脫離不了失戀帶來的低潮。

「事情就是這樣，請你協助我脫離瓶頸吧，摯友啊！畢竟，你有義務幫我啊。」

「什麼時候有那種鬼義務了。」

艾利歐特皺著眉頭否認，沒想到，班哲明伸手把亞麻色頭髮向上一撥，露出意味深長的微笑。

「哼哼哼，我看你還沒搞清楚啊，艾利歐特。下週，學校要舉辦冬季演奏會，背負賽蓮蒂亞學園名譽的演奏會。而我負責演出小提琴獨奏。」

「你……你這傢伙～～……」

演奏會舉行時會邀請校外人士觀賞。要是演出的內容不像樣，身為主辦方的學生會幹部，無一例外都會蒙上奇恥大辱。

面對臉部肌肉抽搐不停的艾利歐特，班哲明擅自從艾利歐特盤裡拾起一顆葡萄，眨了眨眼示意。

「身為學生會幹部，難道不覺得有義務要讓演奏會成功嗎？」

豈有此理——艾利歐特雙手摀臉，重重垂下了頭。

＊＊＊

「噯，莫妮卡什麼時候生日啊？」

在課堂間的休息時段，拉娜攤開一本書問起莫妮卡。

「呃——冬招月（雪露古利亞）首週的一日……」

待莫妮卡答覆後，拉娜唔嗯一聲點頭，啪啦啪啦地翻起書頁。

看來這本書的內容與占星術有關。話雖如此，也並非記載具體觀星詠旨方法的專門書籍。

應該是透過生日占卜運勢，較為大眾取向的娛樂書籍吧——莫妮卡心想。

「『這天出生的你，是個心地善良的人。不過，有點容易隨波逐流，也許常會因此被硬塞棘手的工作，或捲進麻煩事裡也說不定喔？』」

被同期硬塞棘手工作，正為此執行潛入任務的莫妮卡頓時啞口無言。

這本占星書，準到令人害怕。

「『能為你帶來好運的護身符，有咖啡、白色小配件，以及紫菫花』……書上這麼寫喔。」

看到莫妮卡目瞪口呆地張著嘴，拉娜調皮地笑了起來。

「這是最近寄贈到圖書館的書。準度有口皆碑呢。」

「那本書的作者……難道是……」

「是〈詠星魔女〉梅爾麗·哈維大人喔。就那個啊，七賢人的。」

作夢都想不到是同事寫的書。

而且這位同事，還是王國首席預言家。豈有不準的道理。

（既然是最近寄贈的，原本是不是收藏在海姆茲·納里亞圖書館呀……我的論文，也是那邊寄贈過來的……）

回想起以失敗告終的偷看書大作戰，莫妮卡不由得露出苦笑，這時，拉娜闔上了書本望向莫妮卡。

「噯，莫妮卡。今明兩天放學後，不是都會有慈善義賣擺攤嗎？」

「啊，嗯。」

賽蓮蒂亞學園每年都會邀請校外商人，在校內擺攤舉辦好幾場慈善義賣會。

身為插班生的莫妮卡尚未實際體驗過，但按拉娜所言，商品囊括服飾品、小配件、雜貨、書本、點心、茶葉等等，各式各樣攤位應有盡有。

其中甚至會有服飾店來幫客人現場量身訂製衣物。

「我今天，有點不太方便……我們明天一起去逛怎麼樣？」

拉娜的邀約，讓莫妮卡雙眼瞬間閃閃發亮。

雖然沒什麼急著想買的東西，可單是「和拉娜一起逛攤購物」這個念頭，就已經十足令胸膛澎湃。

「我要去……我、我想一起去！」

「那就說定嘍。」

露出開懷的笑容，拉娜舉起手上的占星書。

「書裡面寫說，我的幸運物是珍珠喔。我是已經有幾個珍珠飾品了啦，不過在逛攤位時如果有看到漂亮的，還想再多買些呢。」

對拉娜的發言點頭稱是的同時，莫妮卡在腦海角落思考起菲利克斯的護衛相關問題。

因為上次出現冒充商會入侵校園的人士，現在出入義賣攤位的商會都要經過嚴密的檢查，警備員的數目應該也增加了。

在棋藝大會與校慶上接連對峙，會使用肉體操作魔術的，名叫尤安的男人，已經身中〈深淵咒術師〉雷．歐布萊特的詛咒。

根據雷本人表示，那個詛咒似乎會持續一整個月，短時間內理應是不會再受到尤安襲擊了——當然，這並不代表可以因此掉以輕心，莫妮卡也毫無鬆懈戒備的念頭。

（我記得，殿下應該是沒有要參加或逛義賣攤位的預定……）

既然如此，只要請尼洛與琳在菲利克斯身邊警戒以備萬一，就沒問題了才是。

「啊，糟糕！下堂課要換教室，我差不多該走了。那晚點見嘍，莫妮卡！」

「嗯。」

點頭回應拉娜後，莫妮卡也拿著自己的教科書起身。

莫妮卡的選修課選了棋藝課。那是僅次於數學，莫妮卡第二喜歡的課。

再加上，想到明天放學後的約定，跨在走廊的步伐就不自覺輕快了起來。

（慈善義賣會，好期待喔……到時候看看，有沒有紙張墨水之類的吧。）

任憑對明日的想像在腦海馳騁，莫妮卡打開了選修課教室的大門。

「……」

開門後，莫妮卡就這麼呆在門口。

眼前見到的，是音樂家班哲明．摩爾丁用右手按住眉心，左手撐在腰上，扭過腰交叉雙腿，用仰望天花板的姿勢佇立在教室正中央。

看往他身旁的座位，艾利歐特正在棋盤上悶悶不樂地排棋子。

面對這種難以理解的情境，到底該不該出聲打招呼呢？說真的，就算答案是肯定的，也令人有點望之卻步。

莫妮卡還在困惑，班哲明便脖子一扭，和莫妮卡四目交接。

「嗨～今天過得好嗎，諾頓小姐。妳似乎很好奇我為什麼要擺這種姿勢嘛。告訴妳，我這是用全身肉體在表現悲傷的感情喔。沒錯，身為音樂家的我，竟然不是透過音樂，而是透過肉體在表現這份悲傷，這件事實所象徵的意義，當然就是音樂的枯竭——！」

「小松鼠，妳坐啊。快要開始上課啦。」

此時博弈德教師就從前門踏著鏗鏘有力的腳步走了進來，莫妮卡只得慌忙找個附近的位子就坐。

不一會兒，遭到博弈德教師狠瞪的班哲明，也安分地坐到了艾利歐特旁邊。

重新擺排棋子的莫妮卡歪著頭咕噥。

「陷入瓶頸……嗎？」

棋藝課授課時是讓同學按實力分級對弈，因此莫妮卡的對手大多會是一起參加棋藝大會的艾利歐特及班哲明。

今天首先與班哲明對弈了一局，而班哲明的棋路明顯欠缺了往常的風采。

按班哲明本人所言，他的棋風是「以棋路重現多采多姿的音樂性」，實際上他也的確並不執著於特定風格，時而進行扎實的布陣，時而展開大膽的進攻，是一位棋路多變的好手。

而這樣的他，今天卻無論在防守面或進攻面，都散發一股半吊子的氣息。

對局後的檢討會上，莫妮卡指出這項問題時，在一旁觀摩的艾利歐特便嘆著氣表示：「他說自己陷入瓶頸啦。」

把亞麻色頭髮啪沙啪沙地甩得一團亂，班哲明用身體接連擺出誇張的肢體語言，開口傾訴起自己的苦惱。

「想必是我內在對於音樂的陰霾，就這麼如實反映在今天的棋路了吧。喔喔～好想立刻用小提琴來詮釋這種悲傷，可是現在的我，就連演奏出來的音色都會覆蓋陰霾……再這樣下去，我在下一場演奏會上理當輕快華麗的音色，就要演奏得lamentabile（悲傷）無比了！」

「……呃——……」

班哲明滔滔不絕出口的發言莫妮卡全都有聽沒有懂。唯一能夠理解的，就是班哲明抱有煩惱這點，所以只能語調生硬地虛應幾聲。

「真難為你了，呢。」

「事情就是這樣，所以說，也務必想請妳祝我一臂之力喔，諾頓小姐。」

「咦？」

傻呼呼的聲音從莫妮卡半張的嘴裡傳出，艾利歐特隨即一臉倦容地笑了起來。

「說是學生會幹部有義務讓演奏會成功啊……小松鼠，妳就乖乖放棄抵抗，一起被拖下水吧。」

「那個，可是，我對於，音樂一竅不通……也不曉得具體而言該做什麼……」

「放心啦，就連有音樂造詣的我也不曉得。」

這樣說起來，豈不就等於束手無策嗎。

莫妮卡嘴唇啊嗚啊嗚地抖個不停，這時，班哲明舉手按在自己胸口說道：

「擺脫瓶頸的方法——就是戀愛！戀愛！內心澎湃激昂！胸口小鹿亂撞！這才是打破低潮的關

鍵！」

戀愛——對莫妮卡而言，那是極度難以理解的領域之一。

歸根究柢，莫妮卡必須得先從「戀愛是什麼？」開始定義才有得談。

莫妮卡雙手抱胸，歪頭沉思起來，艾利歐特則把語調壓低了幾分。

「小聲點，班哲明。博弈德老師在瞪我們了。」

「喔唷，失敬。」

班哲明先是伸手遮住嘴巴，接著「呼～」地嘆息一聲，仰頭茫然地發呆。

在他的眼前，是不是浮現了心上人的倩影呢。

「啊啊～克勞蒂亞．艾仕利小姐。只要一想到她，我的心就撼動地如此激烈，難以自拔啊。」

「咦唔？」

忍不住一記怪聲脫口而出，莫妮卡反射性舉起雙手塞住自己嘴巴。

五官嚴厲的博弈德教師，正目不轉睛地朝這兒凝視著。

莫妮卡壓低音量問向班哲明。

「那個，摩爾丁大人仰慕的對象……是、是克勞蒂亞大人嗎？」

「是不是覺得他瘋了？我就這麼覺得喔。」

也許是長年交情所致，艾利歐特的發言比往常更不留情。

海恩侯爵千金克勞蒂亞．艾仕利具備過人的美貌，甚至被譽為校園三大美女之一。

雖然有著尼爾這個未婚夫，追求她的男人依然絡繹不絕。看來班哲明也是其中之一。

「說到底，為啥都這麼久了才突然愛上克勞蒂亞小姐？你以前不就認識她了，更別說去年還跟她一起修過棋藝課不是嗎。」
「是啊，當然。我老早就覺得她是位魅力十足的女性。再怎麼說，她也是『戀愛中的美女』啊。」
見莫妮卡對班哲明的回覆歪頭感到不解，艾利歐特小聲地補充。
「班哲明喜歡的類型啊，就是『戀愛中的美女』啦。順帶一提，他對外表的要求高到嚇人，諾頓小姐可以儘管放心。」
艾利歐特這番話，是在挖苦莫妮卡土裡土氣的外表不迷人，但因為莫妮卡對這點並不特別有什麼感覺，所以只點頭曖昧地「喔……」了一聲。
無視於兩人這段互動，班哲明表情愈來愈陶醉地接話。
「克勞蒂亞小姐她原本就魅力十足，但以校慶那天為分水嶺，她的愛戀之花怦然綻放了啊。我看得出來。因為戀愛會使女性更加美麗。那份美麗過於耀眼，甚至令我感到目眩。」
唐突發生的目眩有可能是眼疾所致，是不是該讓醫師診斷診斷呀。
莫妮卡正經地思考著這種事，艾利歐特則一臉倦容地做起總結。
「就這樣，班哲明開始對克勞蒂亞小姐念念不忘，還有勇無謀地向她獻上一曲，結果被批得一文不值，就這麼因失意而陷入低潮啦。」
「原、原來如此……？」
「這個狀況下，能想到的解法有三種。」
帶著像在敘述對局戰略的表情，艾利歐特豎起三根手指，比到莫妮卡的面前。
「一，讓他與克勞蒂亞小姐兩情相悅。二，讓他愛上別的女性。三，讓他找到戀愛以外的事情沉迷——說實話，選一太過不知天高地厚，所以只能選二或三了。」

說到這裡，艾利歐特暫時打住，稍稍向前探出身子耳語起來。

「還有，這件事可別告訴希利爾跟梅伍德總務啊。要是班哲明對克勞蒂亞小姐朝思暮想的事情曝光……希利爾肯定會失控，絕對。」

雖然難以想像溫厚的尼爾會做何反應，但換作希利爾，就連莫妮卡都能輕鬆在腦中沙盤推演。

正經八百的他，肯定會說「舍妹已有婚約在身，煩請別對她糾纏不休。」

然後，他會因為班哲明不甘就此罷休而憤慨，開始散發冷氣怒吼。一個不好，教室裡難保不會飄起冰霜。

「要是鬧到那種田地，恐怕就真的必須為了解決這種蠢事，勞師動眾請殿下出馬了。」

「……是的。」

換句話說，就是要在隱瞞希利爾與尼爾的前提下，讓班哲明順利脫離瓶頸才行。

為此，要不是得讓他愛上克勞蒂亞以外的「戀愛中的美女」，要不就得讓他沉迷到別種事物裡。

莫妮卡心中對於誰是「戀愛中的美女」並沒有頭緒，所以決定思考有什麼事是能讓班哲明沉迷的。

「那個，既然如此，要不要試著挑戰數學界尚未有人解開的難題呢。換作是我，一定會入迷到整整三天廢寢忘食呢！我個人推薦的，是證明孿生質數猜想……」

「聽我說，諾頓小姐……」

艾利歐特忍不住半瞇起眼睛低聲打岔，班哲明也裝模作樣地撥起瀏海回答：

「哼哼哼，不是我自誇，我除了音樂之外，成績都是吊車尾的！」

「是真的沒啥好自誇的，麻煩你不要講得一臉驕傲。當你朋友當得很丟臉好嗎！」

看來要讓班哲明沉迷數學可能有點難。

數學和魔術都被封殺的話，莫妮卡能提出的建議就一件都不剩了……要是平常的莫妮卡，一定會抱著這種想法就此斷念，但今天的莫妮卡不同，剛好有一個點子復甦在腦海裡。

「啊，對了……今明兩天放學後，都有慈善義賣會，對吧？」

「喔，這麼一提是有沒錯。」

回想方才被拉娜邀請一起逛義賣會時，胸膛湧現的那股雀躍，莫妮卡道出了自己的提議。

「如果能在義賣場上，找到可以沉迷其中的美妙事物，那個……」

「採買這種事，是僕役在負責的吧。」

是不是就能幫助班哲明脫離瓶頸了——莫妮卡欲言又止地提議，艾利歐特聽完皺起了眉頭。

「好主意，諾頓小姐！那今天放學後，就請艾利歐特跟諾頓小姐到禮堂入口集合！」

聽到班哲明單方面的宣告，艾利歐特慌忙自椅面起身。

「喂慢著，班哲明。不准擅自決定。」

「我、我也要一起去，嗎？」

班哲明就像在表演舞台劇似的，向艾利歐特與莫妮卡動作誇張地攤開雙手。

「喔喔～親愛的摯友啊，學妹啊。請別說這麼無情的話。一個人逛義賣會豈不是無比寂寞嗎。音樂家可是種寂寞就會死掉的纖細生物啊。」

說著說著，自稱纖細的這個生物，大把大把地排起了棋子。

艾利歐特伸手按上額頭，嘆了一口長氣。

「該死～跟這種時候的班哲明講什麼都沒用了……喂，妳這個提案人可別臨陣脫逃啊，小松鼠？」

「啊嗚……」

艾利歐特那雙下垂眼，滿滿都是絕對要讓莫妮卡引咎同行的強烈意志。

＊＊＊

為期兩天的放學後慈善義賣會，晴天時會在庭園舉辦，但今天從早上就開始下雨，所以改在儀式典禮或舞會用的禮堂擺攤。

比約定時間提早些抵達的莫妮卡，從禮堂入口朝裡頭窺伺一眼，隨即為了人山人海的盛況瞪大眼睛。

（遠比想像中，還要熱鬧啊～……）

會場內的買客不只是學生，還可以看見許多侍奉學生的僕役。

就像艾利歐特一樣，身分地位愈高的貴族子弟，愈不會有自己逛攤人擠人的念頭。基本上都是吩咐僕役代勞，或是直接把商人找到宅邸去。

只是，賽蓮蒂亞學園的慈善義賣與市井跳蚤市場不同，只有校園相關人士會出入，所以不用擔心會遇上扒手，或被捲入綁票之類的犯罪。

出展的攤位，也都是經過嚴格挑選的一流名店，逛起來放心，買起來也安心。

也許是這個緣故，場內不時會見到上級貴族家出身的同學身影。

「……啊咦？」

無意間，莫妮卡發現一條白色手帕掉在自己的腳邊。轉頭望了望四週，但沒看到有誰像在找手帕。

萬一被人踩到就糟了，如此心想的莫妮卡趕緊拾起手帕。

這是條質地高檔的亞麻布手帕，攤開後找不到名字或縮寫之類的刺繡。取而代之的，在角落繡有鈴蘭花的圖樣。

莫妮卡對刺繡的針法涉獵不深，可是感覺得出這種有如以線構成面的刺繡相當費工。能夠不留一絲空隙，漂亮地重現鈴蘭花的花葉，絕對是繡工細膩的佐證。

隨手翻過手帕的莫妮卡，在手帕的背面感到一股不協調感。

所謂的刺繡除了正面，連背面也會反映出刺繡者的功夫。手腕高明的刺繡專家，會調整背面的繡線，讓圖樣與正面有某種程度的相似。

凱西送給莫妮卡的手帕就是這樣。表面的黃花刺繡從背面觀察時，雖然不到如出一轍的地步，但很明顯地有在配合正面的圖樣，繡線也都修得整整齊齊。

可是莫妮卡現在撿到的這條手帕，背面的線條卻處理得粗糙無比。

在綠色的花葉部分，還隱約可見白色與藍綠色的線條。

（從正面看的時候，明明這麼漂亮的說……）

正面的精緻繡工，反而凸顯了背面的繡線處理有多麼隨便。

恐怕並不是出自專家之手，而是某人興趣使然的產物吧。

或許，實際上是某家千金小姐練習的成果也說不定。刺繡乃貴族千金必備教養之一。賽蓮蒂亞學園也有成立刺繡社。

（晚點，送到教職員室去吧……）

把撿到的手帕收進口袋時，背後傳來了艾利歐特與班哲明的聲音。

艾利歐特的嗓音明顯地不悅，班哲明聽起來卻像是晴空萬里的藍天那般快活。

「唉～受不了，為啥都下雨了還非得外出不可啊……而且還是來採買……」

「說是說外出，但禮堂是室內吧？更重要的是，雨聲也算是一種音樂。何不發自內心享受大自然奏上的這股旋律呢！」

「為啥你這個陷入瓶頸的人最活力充沛啊……」

艾利歐特嘀咕的嗓音除了不悅之外，也有點像是虛脫無力的感覺。

莫妮卡小小點頭「午安」一聲，班哲明便興高采烈地張開雙手問候。

「嗨～嗨～諾頓小姐！感謝妳的參與！那麼事不宜遲，我們趕緊去享受採買樂趣吧！這麼一提，諾頓小姐是第一次來逛賽蓮蒂亞學園的慈善義賣嗎？」

「是、是的。」

「既然如此，我親自下海當導遊吧！首先非逛不可的就是服飾店。我推薦老字號的瑪格諾瓦服飾店。每次音樂會用的服裝我都是請這兒訂作的。如果想找品味獨特的衣物或小配件，羅特海姆工房絕對是不二之選。他們的帽子尤其出眾。熟知帽子製法的專家本領，以及獨樹一格的玩心，兩者間的平衡掌握得恰到好處呢！」

班哲明踩著有如跳舞般的輕快步伐，穿梭於一間又一間的攤位。

先是為了天鵝絨帽眼睛一亮，下個瞬間又醉心於異國陶瓷具，才剛這麼想，緊接著又跑到賣書的攤位，雙眼閃閃發光地瀏覽新書。

被帶著到處跑的莫妮卡差點忙到頭昏眼花。

「考特利的詩集絕對想買到手呢。哎呀，這不是《名偵探卡爾文．阿爾科克的事件簿》的續集嗎，太棒了！」

被班哲明拿在手上的，是尼洛與琳近來沉迷的推理小說。

（呃——我記得……明明用魔術或魔導具就能輕鬆解決的事件，卻偏要多費手腳把事情搞複雜，裡面寫的是這種故事對吧……）

就在莫妮卡內心浮現這種尼洛聽了恐怕會大發雷霆的感想時，班哲明已經又移情別戀到另一種東西上了。

看到班哲明如痴如醉地舉著寶石飾品在亮光下把玩，艾利歐特刻意大嘆一口氣。

「真的是，從以前就這麼喜新厭舊。」

「哼哼哼。被璀璨耀眼寶石吸引住的我，就如同飛舞在花園，向不同花朵灌溉愛意的蝴蝶……」

「會被亮光吸引，我看根本是飛蛾吧。」

「不美麗！」

班哲明扯開了嗓子抗議艾利歐特的吐槽。

緊接著，又馬上挺起身子，朝賣季節賀卡的攤位走去。

「對了對了，得把冬招月（雪露古利亞）的賀卡也買一買才行。」

「喔，已經到這種時期了嗎。」

雪露古利亞現在雖然被用在曆法名稱，不過原本是出自傳承中登場的冰系精靈。

從前在某個地方，有著名為雪露古利亞的精靈。

冰之精靈王告訴雪露古利亞：「今年就比往年早些迎接冬天吧。」雪露古利亞聽了開始思考。

要是冬天比往年更早到來，人類們不是會很傷腦筋嗎？

說不定，農作物都還沒收割完。說不定，過冬的準備都還沒做好。

於是，雪露古利亞決定寫信，通知人類們冬天要來了。

雪露古利亞收集了好多好多秋葉，一片片寫上通知的訊息。

『冬天馬上要來了。請趕快準備過冬。』

見到訊息的人類，因為提早準備過冬，才總算安然度過這段比往年更早來訪的寒冬。

王國效法這段傳承，誕生了在秋末冬初，寄送季節賀卡的文化。

向遠在他鄉的家人、親戚、戀人等對象，透過卡片表達一年來受各方面關照的感謝，或告知自己直到冬至假期為止的預定，是比較普遍的作法。

（冬招月（雪露古利亞）的賀卡……我以往，都沒有寫過呢……）

莫妮卡不經意地望著羅列在攤位上的漂亮卡片。

冬招月（雪露古利亞）的賀卡，大多是以簡潔的白色卡片為底，搭配當季花朵、小鳥，或小動物等圖案當陪襯。

其中也不乏燙金邊，或搭配剪紙圖案等等，施予各種創意加工的成品。

班哲明挑選了畫有水仙花的賀卡，以及印有半透明花樣的便籤，開口向店主詢問。

「對了，你們有賣藍色墨水嗎？」

「當然，就在這兒。要試寫看看嗎？」

年邁的店長遞出了墨水壺及羽毛筆。

班哲明握住羽毛筆，在店長送上的紙張背面揮毫，用藍色墨水畫起了音符。

說是說藍色，倒也不是藍寶石那種鮮豔的藍，而是色調更加深沉，會在光照影響下顯得帶有少許紫韻的群青色。

藍色在染料中屬於格外高檔的用色，所以跟黑墨水比起來要價將近十倍。

望著墨水壺，艾利歐特一臉不可思議地問。

「為啥你非挑藍墨水不可啊？」

「哎呀，你沒聽過嗎，艾利歐特。用藍色墨水寫情書就能兩情相悅，這可是非常有名的魔咒喔。」

似乎不清楚這種魔咒的艾利歐特只答了一聲「那啥鬼啊」，不過莫妮卡總覺得自己有點印象。

只是，應該並非最近，很像是好久以前聽到的。

（用藍墨水寫情書……我是在哪裡聽說的呀……？）

之所以印象稀薄，恐怕是因為莫妮卡當時對此興趣缺缺吧。不如說，單是還留有印象，就已經可圈可點。

「欸，班哲明。我是覺得不可能，但你難道……是打算用那墨水……」

「當然！是為了把我的心意贈送給克勞蒂亞小姐。」

即使演奏被批得一文不值，班哲明看來還是沒對克勞蒂亞死心。

面有難色的艾利歐特操著沉重語調說道：

「我敢跟你打賭，她絕對看都不看就把這給扔了。」

莫妮卡也全面同意。

願意打開信封就已經謝天謝地。一個不好，非常可能原封不動就扔進垃圾桶。

「欸，班哲明。我真的不騙你，你就對克勞蒂亞小姐死心吧。就連你自己都清楚，這根本就太有勇無謀了不是嗎。」

「再怎麼清楚也阻止不了，那才是戀愛啊艾利歐特。」

班哲明有如賣弄演技般，動作誇張撥起瀏海，艾利歐特則露出發自內心不耐煩的表情。

就在這時，一道嗓音自三人背後響起。
「真罕見的組合啊。」
艾利歐特當場「唔嘎」一聲，莫妮卡則是「噫」地倒抽一口涼氣。
回過身來，站在那兒的人是學生會副會長——希利爾・艾仕利。
班哲明念念不忘的克勞蒂亞・艾仕利的兄長。
「算我拜託你，千萬別亂多嘴喔，班哲明……」
有如在祈禱似的，艾利歐特低聲呢喃。
可惜天不從人願。
「嗨，大舅子！」
「……啥？」
聽到班哲明開朗無比舉起手掌道出的問候，希利爾頓時皺起眉頭。
艾利歐特立刻與莫妮卡咬起耳根。
「喂，小松鼠。盡妳所能設法支開希利爾。班哲明這邊我會處理。」
「我、我明白了……」
一旦希利爾得知班哲明心儀克勞蒂亞，百分之百會掀起軒然大波。
莫妮卡慌忙跑向希利爾，語調古怪地提問。
「希利爾大人，你、你在巡視嗎？」
「是啊，這樣萬一出什麼狀況，才能馬上應對……」
「那個，可以讓我，跟在一旁觀摩，參考巡視的方法嗎！」

聽到這番話，希利爾有點驚訝地瞪大眼睛，隨後便微笑點頭。

「志氣可嘉。跟上來。」

「好的！」

趁莫妮卡找希利爾攀談的空檔，艾利歐特一把揪起班哲明的衣領，迅速脫離了現場。

這是艾利歐特與莫妮卡，兩人奇蹟般的合體技成立的瞬間。

＊　＊　＊

這次的義賣活動，並沒有特別安排由學生會出面巡視。

換句話說，希利爾之所以前來巡視，完全是自發性的舉動。

「畢竟得未雨綢繆，免得真出了什麼狀況，鬧到得勞煩陛下出面啊。」

一臉正氣凜然說著這番話的希利爾，要是得知自己恰巧就是艾利歐特眼中會引起狀況的火種，真不曉得會露出怎樣的表情。

雖然並不是希利爾本身有什麼過失，可一旦碰上現在的班哲明，毫無疑問會爆發衝突吧。

就只有這個非避免不可——莫妮卡暗自握緊掌心滿是汗水的拳頭。

「這麼一提，希利爾大人，你的腳傷已經……不要緊了，嗎？」

「單純步行的話不成問題，但被禁止跑步。魔法戰的訓練，也被吩咐要暫時緩緩了。」

大約一週前，希利爾在地靈伊斯托雷亞與迷途小女孩的騷動中負傷，扭傷了左腳。

騷動隔天，雖然還是抬頭挺胸直挺挺踏步，維持「一如往常的希利爾大人」，但在菲利克斯再三叮嚀「不可以逞強喔」之下，跑步與魔法戰之類的激烈活動都只得暫停。
艾利歐特也說過，要是沒被殿下耳提面命，肯定當作沒事又跑又跳的吧。說真的，莫妮卡也持同樣想法。
「諾頓會計妳……」
說著說著，希利爾一瞥一瞥地望向莫妮卡戴著手套的手。
「被那個精靈咬傷的地方，都痊癒了嗎？」
「呃——因為本來就不是傷得多麼嚴重……所以沒問題，了。」
那個化身成白兔的精靈在最後的最後發狂大反撲，也不知為何就是盯上莫妮卡窮追猛打。
就在那時，手腕及手臂都被咬得滿是傷痕，而現在幾乎都不見痕跡了。
「……這樣啊。」
好似鬆了口氣的希利爾低聲咕噥，接著無意間停下腳步，直直望向前方。
往他視線方向看去，便見到一位有著偏黃色金髮與橘色雙眸的魁梧男同學。
（記得那應該，是魔法戰社社長……白龍．加勒特大人。）
先前，那個提出要與希利爾決鬥，看起來就血氣方剛的男人，正把他高壯的身軀弓成一團，注視著地面心不在焉地漫步。
「加勒特社長。有什麼心事嗎？」
聽見希利爾的聲音，原本彎腰駝背的白龍就像是嚇一跳般挺起身子，游移著視線回應。
「是艾仕利嗎。不，那個，不小心搞丟了東西，正在找……」
「那我也來幫忙。具體而言你是弄丟了什麼？」

幫助遭遇困難的同學，是學生會幹部理所當然的職責——面對如此態度的希利爾，白龍卻不知為何有點尷尬地含糊其辭。

「是一條手帕啦……呃——那個，有繡白色鈴蘭花的……」

繡有白色鈴蘭花的白色手帕。豈不就是莫妮卡在會場入口撿到的那條嗎？

（啊，該不會……）

察覺到白龍有口難言的理由，莫妮卡主動從口袋裡掏出方才撿到的手帕。

接著以刺繡朝下的方式遞向白龍，不讓鈴蘭花圖案曝光。

「那個，這是我，剛剛在入口撿到的……可以請加勒特大人確認一下，這條手帕是不是，你的嗎？」

白龍一收下手帕，便俐落轉過身去。恐怕，是不想被希利爾看見手帕上的刺繡吧。

手帕確認完畢之後，白龍表情瞬間開朗起來。

「的確是我的手帕。太感謝了。啊，呃——妳是艾仕利的學妹嘛，記得是叫……」

「我叫，莫妮卡．諾頓。」

即使因為緊張導致語調略顯生硬，總算還是沒有大舌頭地自介了。

這樣難得的經驗，讓莫妮卡忍不住沉浸在小小的喜悅中，這時，白龍銳利的眼神稍稍軟化了些，低頭向莫妮卡說道：

「諾頓小姐，非常謝謝妳。這條手帕對我很重要……真的是讓妳幫大忙了。」

白龍．加勒特是個身材高大，肌肉結實的魁梧男子，單從外表就散發軍人世家的氣質。

這樣的他，想必是不希望被別人看到，自己帶著一條有鈴蘭花刺繡的可愛手帕吧。

對於遞出手帕時刻意不讓刺繡露白的莫妮卡，白龍懇切地鞠躬道謝。

雖然是個相貌有點壓迫感，乍見之下不太友善的男人，本性看來還是十分正直的，跟希利爾大概是同樣類型吧。

「能幫上你的忙，真是，太好了。」

聽到莫妮卡這麼回應，白龍將指頭添到結實的下巴上，有點尷尬地發言。

「才剛受妳幫忙，馬上又開口著實令人汗顏，可希望能請教一下，會場有沒有哪間店在賣冬招月（雪露古利亞）的賀卡？平時，我不太會來逛這類攤位，實在對相關文化很陌生。」

賣冬招月（雪露古利亞）賀卡的店，不久前才剛看過。

莫妮卡反射性地出聲。

「我可以，幫你帶路！」

這番中氣十足的回應，令白龍不由得撐大了雙眼。

見莫妮卡如此躍躍欲試，希利爾先是微笑一番，隨即收起笑容，以充滿威嚴的學長表情發號施令。

「這樣啊，那麼帶路的工作就交給諾頓會計吧。」

「好的！加勒特大人，請跟我，來！」

用鼻子大力噴氣，走在最前頭帶路的莫妮卡，正為了要以學生會幹部的身分有所建樹，而暗自卯足了勁。

當然，莫妮卡也沒忘記，不能讓班哲明與希利爾撞個正著。

（霍華德大人，已經離開那兒了，所以大概沒問題……）

小心起見，一路上還是時時注意周遭的動向，莫妮卡就這樣把加勒特帶到了季節賀卡專賣店。

看到羅列在店頭的賀卡，白龍似乎一時招架不住，咕嘟一聲嚥了口口水。

「種、種類這麼豐富嗎……」

看來採買這類物品對白龍而言是很陌生的經驗。

他就像要掩飾自己的動搖一般，轉而向希利爾搭話。

「這麼一提，冬招月（雪露古利亞）的賀卡，艾仕利已經買了嗎？」

「已經寄出了。」

「……還是這麼有效率啊。」

白龍皺起眉頭，露出瞪人似的眼神望向賀卡。

賀卡有依圖樣的動植物類型大致分類過，白龍的視線，則是落在花朵區最熱門的薔薇圖賀卡上。

望著紅、白、粉紅色的薔薇賀卡，白龍三心二意地「咕唔～……」低吟，最後買下了沒有圖案的純白賀卡。

「實在不好意思，讓各位陪我購物。話說回來，艾仕利。什麼時候方便決鬥？」

「醫師有說下週就可以打魔法戰了。我也已經得到殿下許可。」

「這樣啊。那麼，到時就容我向你再度提出決鬥邀請！」

聽到白龍如此揚言，希利爾一臉狐疑地問道：

「我當然不會吝於接受挑戰……但有必要特地用決鬥的嗎？」

原本，每週就已經都會在課堂上打魔法戰，這麼想贏其實趁上課時打贏就好了。偏偏白龍就是莫名執著於決鬥這種形式。

欲言又止的白龍，愁眉深鎖地慎選用詞，使勁咬牙答道：

「要像個男子漢！正式申請決鬥並獲勝，這樣的勝利才有意義。」
莫妮卡悄悄仰頭望向希利爾。
希利爾的側臉顯得有點困惑。他一定，也不明白白龍執著於決鬥的理由吧。
可是，只要有人強烈渴望，就會誠心誠意全力回應，這就是希利爾・艾仕利這個男人的作風。
「這樣嗎。那麼這場決鬥，我會全力應戰。」
「嗯，準備刮目相看吧。現在的我可有別於以往啊！」
日前，觀摩希利爾與白龍的魔法戰時，白龍嘗試使用短縮詠唱，結果以失敗告終。
說不定，他現在已經成功提升了短縮詠唱的精度。
（話又說回來，這個人為什麼，會這麼執著於決鬥呢？）
名譽也好、榮耀也好，這些決鬥能帶來的產物，莫妮卡都興趣缺缺。
雖然希利爾準備誠懇地應戰，莫妮卡仍然無法理解白龍堅持決鬥的心情。

＊　＊　＊

賽蓮蒂亞學園的慈善義賣，相較於市井跳蚤市場，格調可說是尊貴許多，即使如此，比起優雅的晚間舞會，場內還是瀰漫著不同性質的活力與喧囂。
這種騷亂的氣氛，教艾利歐特怎麼也靜不下心來。
這裡不是自己該待的地方——內心無論如何，就是會萌生這種想法。
班哲明倒是正好相反。高雅的舞會也好、庶民的市場也好，無論去到哪裡，他肯定都能享受周遭的氣氛，樂在其中吧。

「喔喔～吾友啊，你這是什麼表情。看在旁人眼裡，豈不像是你才陷在低潮嗎！」

被正陷入低潮的音樂家，拍肩打氣了一番。

一臉疲憊的艾利歐特粗魯地撥了撥瀏海。

「今天提不起勁啦。八成是下雨害的。」

「這麼一提，你從以前就討厭雨天嘛。」

有著長年交情的班哲明就好似被喚醒記憶一般呢喃。

艾利歐特動作誇張地聳了聳肩。

「以前，父親大人聽我拉小提琴時這麼說啊：『你演奏的音色不清晰。』所以我就回答：『是因為今天下雨。』結果咧，就被毫不留情賞了一巴掌，說：『不准找藉口。』」

艾利歐特的父親是個嚴厲的人，對自己的兒子更是嚴加管教。

每每兒子打算找理由開脫，馬上就是一記耳光。

「令尊就是那麼嚇人嘛～那種嚴格的地方，是不是跟艾仕利副會長很像啊？」

「說什麼蠢話。父親大人比他恐怖一百倍。」

跟父親比起來，希利爾根本就像個只會「殿下！殿下！」汪汪叫的小狗狗——艾利歐特如此心想。

這會兒艾利歐特癟嘴鬧起彆扭，班哲明伸起右手當指揮棒似地揮了起來。

「艾利歐特。你討厭的雨聲也好，下雨天混濁的小提琴音色也好，你不想試著通通當成一種音樂看待嗎？」

「就連現在這個不配讓貴族移駕的跳蚤市場傳出的噪音也是嗎？」

「當然！」

說著說著，班哲明用鼻子哼起了歌。

那首艾利歐特也認得的著名古典曲，是以異國市場為主題而寫的。

旋律艾利歐特記得很熟。小時候，曾經用小提琴練習了一次又一次。

這個喧囂的市場一樣有音樂存在——面對想透過古典曲傳達這個道理的班哲明，艾利歐特皺起了眉頭回應。

「就連現在，我也因為自己待在這種地方而非常不舒坦。跳蚤市場什麼的，根本就不是貴族該來的地方。」

「即使這麼想，你還是為了我，像這樣跟來了不是嗎。」

望向頓時語塞的艾利歐特。班哲明目不轉睛地凝視起來。

（別這樣。明明一年到頭都望著天空醉生夢死的。不要每次都專挑這種時候，直直盯著我不放。）

「你不是，願意把我喚作朋友嗎。」

「你家又不一樣，無論令尊還是令祖父都有獲勳爵位……」

「話雖如此，也是你最討厭的一步登天啊。音樂家這種東西，原本都是由貴族飼養的。」

艾利歐特腦海裡浮現了好幾則藉口。

是因為我們從懂事起就認識了。是因為我們父親之間有交流。

然而無論哪一則，都沒辦法轉化為聲音出口，就這麼往胸膛深處石沉大海。

（每個人都有與生俱來的定位，舉手投足都不應踰矩。貴族如是，平民如是。一旦妄想跨越身分差距，最後一定會造成自己，或是他人的不幸。）

這樣的想法，艾利歐特依然無意改變。

艾利歐特那位不問貴賤，接納萬民的叔父，就是被庶民出身的妻子背叛，落得自殺的下場。

（喔，沒錯。那天也是下著雨。）

沙沙沙地連綿不絕，走到哪都糾纏不休，如影隨形的細雨。

沉澱在雨天滿是濕氣的空氣中，揮之不去的屍臭，身體直到現在都記憶猶新。

班哲明望著艾利歐特的眼神中流露出了關切。

「回想起來，你的身分階級至上主義變得顯著的契機有兩次呢。一次是你叔父過世的時候，另一次是進入賽蓮蒂亞學園就讀之前……大概快十歲的那陣子嗎。那時候的你，到底是出了什麼……」

「別深究，班哲明。這件事，就只有這件事絕對別深究。」

這樣對你比較好——艾利歐特不出聲地低語。

就只有深藏在內心的另外這顆大石子，艾利歐特無論如何都不能讓班哲明這個朋友一起揹。

一度闔上雙眼，睜開眼皮，艾利歐特有如要趕跑這股沉重氣氛一般，用格外開朗的嗓音說道：

「別管我了。比起這個，重要的是你的低潮期。再不趕快想點辦法，到時要趕不上音樂會了。」

被艾利歐特硬是結束話題，班哲明露出了有點落寞的笑容。

不過，班哲明還是伸手按在胸膛，嗓音宏亮地開口。

「要是遇到什麼困難，請隨時找我開口，吾友啊。雖然，我八成出不起錢也出不了力，但我會全力演奏音樂為你打氣的。」

「你知道嗎？我現在最困擾的，就是你陷入的瓶頸。」

被艾利歐特狠狠一瞪，班哲明露出調皮的神情瞇上半邊眼睛。教人看了滿是不祥的預感。

「關於這點呢，艾利歐特。其實方才在服飾店購物時，我聽到其他同學們在談論一則耐人尋味的謠言！」

「……總之先說來聽聽。」

夾雜著音樂用語，班哲明手舞足蹈地道出了那段謠言。

艾利歐特立刻明白自己的預感是對的。

＊＊＊

黃昏，來到慈善義賣要收攤的時刻，莫妮卡已經與希利爾分頭，在尋找艾利歐特與班哲明的下落。

（摩爾丁大人，有沒有好好享受採買時光呢？不曉得，他是不是順利脫離瓶頸了？）

曾幾何時已經放晴，從烏雲裂縫中，可以窺見黃昏的晚霞。

在接近赤紅的橙色夕陽光鮮豔地灑落禮堂，營造出濃濃的黑影。

商人們收攤還要花點時間，因此僕役們正四處把禮堂的燭台點亮。

側眼眺望這些景象，莫妮卡走著走著，看到前方有一對二人組朝這兒走來。

是艾利歐特與班哲明。

「諾頓小姐！哎呀哎呀～妳聽我說～其實有一則耐人尋味的話題啊！」

相較於雙眼閃閃發光，神采飛揚地揮手的班哲明，艾利歐特的反應正好相反，顯得十分疲憊。

莫妮卡整肅站姿，仰頭望向班哲明。

「耐人尋味的，話題嗎？」

「妳知道舊學生宿舍嗎？在森林深處被棄置不用的廢館……話題談論的，就是在那兒徬徨的貌美女僕幽靈……！」

「女僕的幽靈？」

莫妮卡複誦後，班哲明雙頰染得通紅，語調火熱地解說起來。

「從前，一位進入賽蓮蒂亞學園就讀的男同學，與照料他的女僕陷入了熱戀。正所謂，身分差距懸殊的禁忌戀情……！」

「我最厭惡的東西是吧。」

艾利歐特打心地不愉快地咕噥，但班哲明絲毫不予理會，依然繼續講解。

「為了與那位女僕共結連理，男同學做好了捨棄家業的覺悟。然而，替心上人未來著想的女僕，認為與自己在一起無法讓對方幸福，選擇自我了斷……之後，失去愛人陷入絕望的男同學，也服毒自盡追隨女僕而去了。」

把亞麻色的頭髮猛力一甩，班哲明仰天長嘯。

「然而悲劇卻並未就此結束！早一步自斷性命的女僕，由於擔憂心上人是否幸福，死後無法前往女神的樂園，成了幽靈留在人世間徬徨啊。兩人就這麼錯身而過，就連在死後重逢的心願都無法實現。啊啊～好想要一把小提琴來演奏這齣悲劇啊！」

「瞧你這不是上軌道了嗎。感覺距離突破瓶頸只差一步啦。剩下就只要以那悲劇什麼的當主題作曲，就脫離低潮期啦。萬事解決。」

對於秉持身分階級至上主義的艾利歐特來說，身分差異懸殊的男女悲戀，想必連聽的價值都沒有吧。重點就只在於，班哲明到底能否藉此突破瓶頸。

說實話，莫妮卡也持相同意見。門不當戶不對的男女情愛什麼的，既不是莫妮卡能夠理解的東西，也絲毫勾不起半點興趣。

明明如此，班哲明卻透出火熱無比的眼神逼近莫妮卡。

「諾頓小姐。妳對於這段悲劇有何感想？」

我是覺得真不合邏輯──當然不能這麼說，莫妮卡還是慎選了用詞。

「呃──那位女僕小姐自殺的理由我不是，很明白。應該還有離家出走之類的方法吧……」

「哼哼哼，既然無法與自己所愛的人共結連理，活下去也沒意義了，就是這樣的熱情……以及愛情所致啊。」

「熱情……愛情……」

莫妮卡歪頭不解，反覆以空洞的嗓音覆誦。

對於只將熱情投注在數字與魔術上的莫妮卡而言，這恐怕是一輩子都無法理解的感情。

正當莫妮卡露出一臉好似在面對難解算式的表情在口中呢喃時，班哲明突然抓住了莫妮卡與艾利歐特的手。

「事情就是這樣，雨反正也停了，我們馬上去一探究竟吧！」

「喂，你難道……」

笑容可掬的班哲明，開懷地回應臉部抽搐的艾利歐特。

「喔喔～艾利歐特。從這一連串對話判斷，除了舊學生宿舍，還能夠上哪兒去？恰好現在日薄西山，你不覺得這正是幽靈現身的絕佳情境嗎！」

＊＊＊

「在舊學生宿舍外頭繞過一圈就馬上走，聽懂沒。再晚下去，就趕不上宿舍的門限了。」

在下過雨後的昏暗森林中，緊握提燈走在前頭的艾利歐特口吻嚴厲地耳提面命。

距離門限是還有點時間，但這季節太陽下山得快，夜幕開始低垂，烏雲裂縫中也瞥見了些許星光。

在僅存的晚霞餘光映照下，可以看到一票烏鴉群起飛過的黑影。

為什麼，走在昏暗森林的時候，烏鴉嘎嘎的叫聲會聽起來格外響亮呢。毛骨悚然的莫妮卡背脊直打哆嗦，重新握緊了提燈。

滿是泥濘的地面走起來容易打滑。只要稍有不慎絆到腳，這身白色制服就要出大事了。

「啊啊～走在下過雨的森林，腳步聲竟然與晴天有這麼大的差異嗎。踩過潮濕落葉的聲音。從樹枝滴答滴答流落的水滴聲。濕潤的葉片因風搖曳的聲音——漫步於雨後森林的旅人終於在眼前發現一間廢屋。那兒住著一位死後仍在世間徬徨的美麗女僕……啊啊，不錯，真不錯～名曲的預感啊……」

逐漸神遊到音樂世界去的班哲明，馬上被艾利歐特叮嚀了一句「不要亂甩提燈」。

走上一陣子，開始從林木間看到建築物的輪廓。舊學生宿舍比現行的小了些，是三層樓建築。

艾利歐特擺出嚴肅的表情再度強調。

「姑且還是告誡一聲，絕對不准進到裡面去。還有，西側的庭園也一樣。貼有禁止進入封條的地方，都是魔力濃度特高的地方，很危險。」

這棟舊學生宿舍就是因為建設後土地的魔力濃度變高，不得已才廢棄的。

魔力濃度高的土地，雖然深受精靈或龍族這類以魔力為糧的生物喜愛，對人類卻是有害的。對魔力抗性較低的人類一旦長時間逗留，就可能引發魔力中毒、身體變質等現象，最糟的狀況下甚至可能致命。

朝舊學生宿舍正面入口移動的途中，艾利歐特仍舊不厭其煩地警告兩人。

建築物本身雖然年代沒那麼久遠，卻散發著人去樓空的建築物特有的寂寥感，確實很有幽靈會出沒的味道。

班哲明舉起提燈，照亮一樓的窗口周遭。

「按謠言所說，從走廊窗口往內瞧，不但可以看到女僕的身影，有時還會看到裡頭有火球飄浮喔。那顆火球一定是女僕的主人，也就是那位男同學的魂魄形成的燈火。男方的魂之燈火直到現在都還在舊學生宿舍徬徨，搜索著過往戀人的身影……喔喔～這是何等悲戀！」

班哲明這番話，只讓艾利歐特不以為然地用鼻子哼了一聲。

「聽好，班哲明。你看清楚。舊學生宿舍一樓東側的走廊牆壁上有擺鏡子。看，就在那邊。」

艾利歐特走近東側走廊一帶，舉起提燈。

巨大的壁掛鏡裡，浮現出艾利歐特的朦朧身影。

「鐵定是不知哪來的怪癖學生，帶著女僕跑到這兒逛舊學生宿舍吧。當時恐怕就跟現在一樣，處於天色昏暗，視野不明朗的時段。那傢伙就這樣用提燈照了照……然後把自己女僕在鏡中的影像看成了幽靈啦。火球什麼的當然就是提燈的燈、火……」

原本自信滿滿的艾利歐特，講到最後卻不自然地中斷。

他的下垂眼睜得老大，只轉動眼球，朝東棟的更深處凝視起來。

「剛才，那邊是不是……有什麼東西在發光？有發光，對吧？」
「是火球……魂之燈火啊！」
班哲明忍不住發出歡呼，拔腿跑向東棟。
「喂，笨蛋，不准擅自行動，班哲明！……啊啊～該死！」
忿忿地咂了咂嘴，艾利歐特回過身來向莫妮卡怒吼。
「諾頓小姐，妳乖乖待在這兒等！絕對不准亂跑！」
「好、好的。」
待莫妮卡點頭，艾利歐特便追著班哲明衝了出去。
目送兩人離去後，莫妮卡悄悄「解除了用無詠唱魔術生成的火球」。
「……琳小姐，尼洛。」
隨著莫妮卡低語，金髮女僕自舊學生宿舍的屋頂輕飄飄地降落。頭上還趴著黑貓姿態的尼洛。
騎在琳頭上的尼洛開口：
「為啥妳會跑來這兒啊？而且還呼朋引伴的……啊，給我看穿了，你們幾個，是想從本大爺跟女僕姊姊手上搶走我們的祕密基地……！」
就好像在忍耐頭痛一般，莫妮卡伸手按上額頭。
舊學生宿舍有女僕幽靈出沒——剛聽到這個消息時，莫妮卡心裡就不斷浮現「難道說……難道說」的想法。
就是那個「難道說」。
「祕密基地除了能激發少年情懷——我聽說，有時也會陷入熾熱的爭奪戰。這裡是否就該採行少年風格的做法，扔泥巴球與毛毛蟲應戰呢。」

貌美女僕以平淡的口吻，神態自若地道出驚天動地的提議。

莫妮卡終於快不支倒地了，但還是努力瞪向尼洛與琳。

「……舊學生宿舍，有女僕幽靈出沒的謠言，已經傳開了。」

「真假，本大爺可沒看過喔。」

「是的，我來到這兒逗留也好一段日子了，但一度也不曾見過這樣的東西。」

強忍想要放空一切打道回宿舍的心情，莫妮卡咬緊牙關補充：

「……我想，那指的應該是琳小姐。」

面無表情的琳，新葉色的雙眸稍稍睜大了些。

「竟然。」

精靈喜歡魔力濃度高的土地。

與路易斯締結契約的琳，有身為契約者的路易斯提供高純度的魔力，所以不會瀕臨消滅的危機。即使如此，一旦出現魔力濃度高的土地，還是會自然而然受到吸引吧。

想侵入重重上鎖的舊學生宿舍，對人類而言是樁難事，但身為精靈的琳只需化身為小鳥，就能輕鬆從隙縫鑽進。

就這樣，琳跑到舊學生宿舍逗留，過程中遭人目擊，結果就口耳相傳形成了女僕幽靈的謠言。

「總而言之，你們兩個不可以再把這裡當成祕密基地了……咦？」

話都還沒講完，莫妮卡突然睜大了雙眼。

莫妮卡視線的前方，西棟走廊一帶有某種東西在發光。神似小火球的東西乍現，又馬上消逝無蹤。

那並非出自莫妮卡的魔術。琳又是風系精靈，應該不能使用生成火焰的魔法。

（既然如此，剛那又是……？）

西棟走廊再次發出亮光，再度消失。

尼洛與琳似乎也察覺了異狀。尼洛從琳的頭上出聲問道：

「那啥喵。喂，莫妮卡。是妳搞的鬼嗎？」

「不是。」

簡短回答的同時，莫妮卡開始思考。

（那是不完整的魔術。這模式恐怕是，編組了遠端術式，想讓火球在遠離自己的位置出現，但卻難以維持而霧散。遠端術式難度畢竟不低，賽蓮蒂亞學園內懂得如何使用的人應該很有限。）

走廊深處再度閃起亮光又消失。這樣就第三次了。

而莫妮卡已經趁機算好並記下這三次的間隔。

（以遠端術式而言發動間隔偏短。恐怕並非通常詠唱，而是短縮詠唱。術式之所以不完整，是短縮詠唱與遠端術式不熟練所致……）

在腦裡導出一道解答的莫妮卡，提著提燈開始朝西棟深處跑去。

頭上趴著尼洛的琳，幾乎沒發出半點腳步聲地追在她身後。

琳頭上的尼洛不禁大叫：

「喂，莫妮卡。妳要上哪兒去！」

「西邊庭園。雖然只是推測……但不快去阻止，恐怕會一發不可收拾。」

＊＊＊

（距離三十，威力極小，很好，愈來愈上手了……多虧了前陣子在圖書館借來的這本書，稍微掌握到了點短縮詠唱的竅門。現在就剩遠端術式。只要把這個練穩，就算那傢伙生成冰牆，我也能從冰牆的內側發動攻擊……）

雖然集中精神，慎重地編組了魔術式，無奈魔術依然再度霧散。

魔術式就類似算式。每次編組遠端或多重強化之類的特殊術式，術式的組成就會隨之複雜化，一旦想短縮發動，就會變得更加難解。

最近借來的書本作者——七賢人之一的〈沉默魔女〉豈止是短縮，據說甚至可以不經詠唱就發動各種高難度術法。

說真的，要怎樣才能引發那種奇蹟，自己完全無法想像。那是只有真正的天才才能觸及的領域。

（既然成不了天才，我這個凡人該做的，就是腳踏實地努力。每每從我手中取勝的艾仕利，其實也是私底下努力的人。）

在心中如此說服自己，再度念出短縮詠唱的內容。

然而，由於術式不完整，可以明顯感覺到魔力的外洩，體內魔力因此大量減少。

若要比喻的話，或許很像是身體流失大量血液的感覺。

全身上下瞬間一陣冰冷，身體的感覺與意識逐漸鈍化。說起來，就是維持生命所必須的要素逐漸折損的感覺。

（不要緊。這個地方的魔力濃度很高，魔力會用比平時更快的速度恢復才對……我還能練。還可以，我還……）

再度集中精神，重新編組魔力。

可或許是內心的焦急直接反映在術式上，編組後的魔術不自然地扭曲瓦解。

原本拳頭大的火球，瞬間膨脹到要用雙手才抱得住的大小。

（不妙……！）

察覺到爆炸徵兆，但為時已晚。膨脹的火球就這麼應聲炸裂——原本該是這樣的。

「……咦？」

已大幅膨脹的火球突然急速收縮。簡直就像是被肉眼不可見的牆壁給封住，進而壓扁潰散。

當然，不可能那麼湊巧，有人及時幫忙展開封印結界。想來只是火球魔術本身剛好也引爆失敗吧。

鬆一口氣，拿手帕擦去額頭滲出的汗水之後，背後突然傳來了踩在濕潤土壤上的腳步聲。

回過身去，佇立在那兒的，是一位淺褐色頭髮的嬌小少女。

（她是，艾仕利那個學妹……）

面無表情地望向火球消失方向的學生會會計莫妮卡．諾頓，以文靜的嗓音開口。

「這裡是禁止進入，的喔——魔法戰社社長白龍．加勒特大人。」

在禁止進入的舊學生宿舍西庭園練習魔術的人，是一頭偏黃色金髮，有著橘紅色雙眸的魁梧男同學——魔法戰社社長白龍．加勒特。不久之前，才在慈善義賣會場碰過面的青年。

被莫妮卡出聲搭話的白龍，嚴厲的五官頓時凍結，呆呆佇立原地。

他原本肯定認為，不會有任何人跑來這裡吧。

待在魔力濃度高的土地雖然很可能引發魔力中毒，但同時，魔力恢復的速度也會上升，很適合進行魔術的訓練。

正因此，他才會像這樣，偷偷跑來這裡練習魔術。

白龍擅長的是操縱火焰的魔術。想必是有人遠遠瞧見他操縱的火球，擅自跟女僕幽靈的謠言穿鑿附會在一起，像班哲明一樣誤解成什麼「尋找戀人的幽靈魂魄燈火」吧。

琳出入這棟建築物的事，以及白龍在這兒練習魔術的事，就這麼被交互捕風捉影，為女僕幽靈的謠言不斷增添可信度。

「建議你還是避免，在魔力濃度高的土地進行魔術訓練。畢竟因此發生魔力中毒的前例已經，不只一件了。」

從前莫妮卡還在米妮瓦就讀時，就好幾度親眼看到和白龍用同樣方法訓練的人被送往醫務室。

白龍的五官因焦急而扭曲，走投無路地懇求莫妮卡。

「諾頓小姐，可以拜託妳網開一面嗎。下次……下次的決鬥，我無論如何都想要贏過艾仕利啊。」

「為什麼，你那麼執著於決鬥呢？」

不想輸給某個人——這樣的心情在莫妮卡心中是很稀薄的。

好比下棋的時候，莫妮卡就算輸了，也不會覺得悔恨。而是會考察落敗的理由，導出自己能接納的答案，就此獲得滿足。

換作魔法戰也一樣。莫妮卡對於能靠勝利帶來的名譽或名聲絲毫不感興趣。

所以白龍這麼執著於決鬥的理由，莫妮卡完全無法理解。

白龍好似十分羞恥地低下頭，一抖一抖地動起厚實的嘴唇。

「女孩子，不是都喜歡強悍的男人嗎？」

「……咦？」

莫妮卡的表情，從困惑演變成了混亂。

（女孩子喜歡強悍的男人——這種狀況下，應該可以假定他提到的女孩子也包含我在內，吧？那——我喜歡強悍的男人嗎……咦，等等，可強悍的定義又是？）

感覺繼續針對強悍男人的定義思考下去，恐怕就要發燒了，莫妮卡只好輕輕舉起單手發問。

「那個，請問這是統計學問題嗎？」

「統計學？統計學我不是很懂，但女孩子不都常這麼說嗎。」

這時莫妮卡總算察覺了。

這不是統計學問題，而是生物學問題。

「啊，原來如此……的確若從種族存續的觀點看來，與強悍雄性建立關係是比較合理的做法呢。」

「……」

眼見莫妮卡一臉恍然大悟，白龍不知為何有點尷尬地清了清嗓子。

「我的未婚妻，說她喜歡的類型就是艾仕利。畢竟這所校園內魔法戰最強的人就是艾仕利啊。」

「原、原來如此……」

換句話說，白龍是希望能在決鬥中贏過希利爾，好讓那位未婚妻回心轉意。

「即使是這樣，還是不可以做這種亂來的訓練。我、我身為學生會的幹部……呃，那個，不能坐視不管。」

「……說得也是啊。對不起。」

說著說著，白龍拿起手帕擦拭額頭的汗水。

那是先前莫妮卡撿到的，繡有鈴蘭花圖案的手帕。表面上看來精緻無比的刺繡，背面的繡線卻雜亂無章——見到這條手帕，莫妮卡腦中突然浮現一則推論。

「那個，加勒特大人……請問那條手帕，是不是某人，送給你的？」

「從我未婚妻那兒收到的。她是刺繡社的社員，刺繡是她的拿手絕活。」

談論未婚妻時，白龍的語調雀躍，顯得有些自豪。

可自豪過後，白龍臉上又立刻蒙上一層陰霾，自嘲地笑了起來。

「唉～不過她喜歡的畢竟是艾仕利嘛……八成是出於婚約的義務感，才硬著頭皮送我的吧……」

「那、那個……」

正打算開口的莫妮卡，突然又闔上了嘴。

觀察手帕上的鈴蘭花刺繡時，莫妮卡注意到了唯一一處異狀。

把手帕翻面，可以看到鈴蘭花刺繡的背面，在綠葉的部分隨處可見交雜的白線與藍線。

只是，如果從正面觀察，圖案裡根本就找不到任何用到藍線的地方。

構成鈴蘭花圖案的，就只有花瓣的白色、花蕊的黃色，以及葉片的綠色這三種線而已。

——那麼，那些藍線究竟是？

（那些藍線，該不會是未婚妻想傳遞的訊息吧……）

音樂家班哲明．摩爾丁這麼說過。

用藍色墨水寫情書就能兩情相悅，是一種非常有名的魔咒。

會不會，在鈴蘭花的花葉下，其實藏有用藍線勾勒而成的訊息？

（可是，並不能保證這推論屬實……況且……）

要是在這裡向白龍揭穿這件事，那豈不是一種蠻橫戳破別人感情的行為嗎。這樣的想法在莫妮卡腦海揮之不去。

所以莫妮卡決定三緘其口。

「諾頓小姐？」

發現莫妮卡唐突陷入不自然的沉默，白龍露出不可思議的眼神。

就在這時，現場響起了艾利歐特與班哲明的嗓音。

「原來妳跑到這種地方來，諾頓小姐！不就跟妳說了不准亂跑嗎！」

「喔喔～還正擔心妳是不是被幽靈給擄走了呢。幸好妳平安無事。」

跑向莫妮卡的艾利歐特與班哲明，見到莫妮卡身邊的白龍，紛紛露出狐疑的表情。

「為啥加勒特社長會在這裡啊？這邊禁止進入耶。」

艾利歐特的疑問，引起了莫妮卡的焦急。

萬一白龍招出自己是在這裡練習魔術，他幾度出入禁止進入場所的事實就會曝光了。

所以莫妮卡反射性地撒了謊。

「那個～加勒特大人他，好像也是來看女僕幽靈的！然後就，那個，好像在這邊看到了類似的人影……又好像沒看到……」

極度不擅長說謊的莫妮卡，動搖全反映在表情與動作上。

面對視線四處亂飄個不停，搓著指頭的莫妮卡，艾利歐特眼神中流露出滿滿的懷疑……但是——

「嘎啊——！」

艾利歐特突然發出慘叫。

大大張開的下垂眼所凝視的目標，是莫妮卡背後的窗口。

「就在剛剛，女僕出現在那邊的窗口！」

這聲慘叫，讓在場全員都朝窗戶轉頭。可是，那兒並沒有女僕的身影或任何一絲蹤跡。

少見地用誇張的動作揮手，艾利歐特卯足了勁開口。

「是真的！我看到了啊！金髮的女僕現身短短一瞬間，然後又啪地消失了！」

（金髮的女僕……）

那女僕的盧山真面目是誰自然毋須多言。

只是，艾利歐特他們當然不可能察覺真相。

班哲明感慨萬千地伸手按上胸口，仰頭望向夜空。

「果然，謠傳是真的嗎……啊啊～我現在猛烈地感動！悲戀男女的幽靈，以及目睹幽靈發出哀號的旅人……太完美了。完美的音樂啊！」

「喂慢著，那旅人是我嗎。為啥我的哀號會算在音樂的一部分啊。」

即使遭到艾利歐特逼問，班哲明依然不為所動，舉起右手指頭開始當指揮棒猛揮，高亢地回應。

「為恐懼所激發的哀號也是一種音樂啊，艾利歐特！多謝你，吾友啊。多虧你這記哀號，音樂總算完成了！好了，我得趕快回宿舍作曲才行！」

看來，班哲明已經順利突破瓶頸了。

在元氣百倍的班哲明身後，艾利歐特一臉不服氣地鬧彆扭，被莫妮卡包庇的白龍則露出了苦笑。

待莫妮卡仰頭瞥向白龍，只見他小聲地向莫妮卡表示：「抱歉，感激不盡。」

在以生硬笑容點頭回應的同時，莫妮卡也祈禱女僕幽靈的謠言不要再繼續擴散下去。

舊學生宿舍的屋頂上，琳與尼洛正觀察著莫妮卡一行人的互動。

這位引發幽靈騷動的其中一位當事精靈，雖然面無表情，卻又微妙得意地細語道：

「就我而言，真是幹得相當漂亮呢。」

＊＊＊

在舊學生宿舍目擊女僕幽靈的翌日，北風又冰冷了幾分，寒氣變得更容易令人感到透心涼。看來，昨天那場大雨，為冬天揭開了序幕。

縮起身子忍受著從制服縫隙吹進的寒風，艾利歐特一個人走在通往校園的路上。

平時上學大多會與班哲明一起行動，但班哲明打從昨天回宿舍起，就始終窩在房間忘情作曲。搞不好今天已經打定主意要翹課了。

（唉～受不了，昨天有夠悽慘的。）

一大清早就給班哲明耍得團團轉耍了一整天，到頭來還看到幽靈，發出「嘎啊——」那種慘叫。好死不死，還正好是在學妹面前。

要說有什麼好事，頂多就班哲明突破了瓶頸，這麼唯一一件吧。

總而言之，冬天的演奏會相信是安泰了——艾利歐特正如此心想，就聽到背後傳來的匆忙腳步聲。以及「艾利歐特！喔喔～我的摯友啊！」的吶喊。

隨著不祥的預感回過身去，便看到班哲明正甩著一頭亂糟糟的亞麻色頭髮朝這兒跑來。

「艾利歐特！快聽我說！參考昨天的大冒險所創出的曲子，第一樂章已經完成了！不管怎麼說，最大的高潮就是把你的哀號用小提琴詮釋……」

不准把朋友丟人的經驗做成音樂——艾利歐特這句抱怨還來不及出口，班哲明便望著前方，雙眼閃閃發光起來。

出現在他視線前方的，是一頭烏黑直髮的千金小姐——克勞蒂亞。

艾利歐特的不祥預感瞬間急起直升，毫不止息。快給我停下啊，不祥的預感。

在內心祈禱的同時，艾利歐特開了口。

「……班哲明，你已經確實擺脫低潮了吧？」

「正因為擺脫了低潮，脫胎換骨的我，現在更應該把音樂獻給心儀的對象不是嗎？」

「求求你住手！萬一這次再給她批得一文不值，你豈不是又要陷入低潮了！」

艾利歐特夾雜著慘叫發出吶喊時，身旁響起了一陣小聲的「那個～……」

望向聲音來源的艾利歐特，表情當場凍僵。

站在那兒的，是一頭茶髮微微亂翹，身材嬌小的少年——克勞蒂亞的未婚夫尼爾。

貌美千金的未婚夫，以及想橫刀奪愛的音樂家。不管怎麼想，都不是令人樂見的組合。

「是這樣的，因為我是克勞蒂亞的未婚夫……」

尼爾收起他平時一貫的隨和態度，繃緊了表情，以銳利的目光仰頭望向班哲明。

「我隨時接受，你提出決鬥的申請。畢竟，這是無法調停的案件。」

總是以和為貴，萬事導向和平收場的調停者，斬釘截鐵地如此宣言。

不等傻眼的艾利歐特與班哲明回應，尼爾快步朝克勞蒂亞追了過去。

「克勞蒂亞小姐，早安。呃——我們一起上學吧。」

向克勞蒂亞搭話的尼爾，又是往常那個隨和內向的他。

望著尼爾的背影，班哲明開口低語。

「他已經透過口耳相傳，聽到我向克勞蒂亞小姐獻上音樂的消息了吧。為了爭奪同一位女性，彼此較勁的男人們……真美妙。肯定能譜出一條熱情的曲子～！」

相信班哲明不會繼續向克勞蒂亞示愛了——艾利歐特如此確信。

這位善變的音樂家，已經又沉迷在新的音樂構想中了。只見他把右手當指揮棒揮，痴痴地望向半空中，用鼻子哼起了歌。

沒想到，那陶醉蕩漾的雙眼，突然又猛力睜大。

他睜大的雙眼望去的方向，可以看到美麗程度不下克勞蒂亞的貌美千金——學生會書記布莉吉特・葛萊安。

（拜託停下來好嗎，不祥的預感。）

「艾利歐特，你不覺得我的音樂就是為了獻給她而存在的嗎？」

艾利歐特揪起班哲明的衣領，不由分說地起步離開。

「為啥你可以沒節操到這種地步啊！歸根究柢，你喜歡的應該是『戀愛中的美女』吧！」

「她就是在戀愛中啊，艾利歐特。我看得出來。再怎麼說，我也是打從念國中部的時期開始，就向

她告白了十次左右，全數遭到拒絕的啊！」

「這我可第一次聽說……第十一次的告白，就拜託你忍到演奏會結束再開口。」

低聲放話的同時，艾利歐特開始思考。

完美無缺的貌美千金——布莉吉特．葛萊安。如果說她真的正在戀愛，那就是……

（果然我是對的。擅自跨越身分差距的傢伙，無論何時都給人帶來不幸。）

——悲劇了。

在內心低語之後，艾利歐特以灰暗的眼神仰頭望向校舍。

✦ 幕間　放晴就拉小提琴

艾利歐特．霍華德是今年就要迎接七歲生日的少年，不過身高比同年代少年都來得高，同時允文允武，念書運動樣樣通，東西學得也快。

因此，艾利歐特獲選為第二王子菲利克斯．亞克．利迪爾的玩伴，定期就會拜訪克拉克福特公爵宅邸，與正在外祖父身邊療養的菲利克斯一起玩，或指導菲利克斯小提琴與棋藝。

那天，細雨滴滴答答地，如影隨形下個不停。

艾利歐特討厭雨天。衣服會被打濕，頭髮會亂捲亂翹，小提琴的聲音也會糊掉，半點好事都沒有。

所以下雨天既不想外出，也不想拉小提琴，可是父親卻在菲利克斯面前這麼命令艾利歐特。

「艾利歐特，今天去陪殿下一起練習小提琴。」

唔噎～——當下只有這種感想。

光是像這樣在雨天外出就讓人夠鬱悶了，竟然還得練習小提琴。

到時小提琴要是拉得不夠清澈，肯定免不了要挨父親一陣斥責。

話雖如此，要向嚴格的父親說「我不要。下雨天不想拉小提琴」什麼的，當然是不可能說得出口。

真討厭，好想回家喔。正在如此心想時，菲利克斯忽然壓低了音量開口。

「那、那個……」

相較於同年代的孩子，菲利克斯身高又矮，嗓門也不大，膽子更是小得可憐。

艾利歐特的父親——戴資維伯爵開口關切「怎麼了嗎，殿下？」之後，菲利克斯便忸忸怩怩地搓著指頭，聲若蚊蠅地說：

「戴資維伯爵。我……今天想要，和艾利歐特下棋。」

＊＊＊

「好了，將軍。」

說著說著，艾利歐特用白色騎士吃下了黑色士兵，菲利克斯隨即顯而易見地狼狽起來。

皺著眉頭「唔唔唔」地沉思，菲利克斯挪動了黑色的皇后。

「呃——這種時候該……這樣走，嗎？」

「將死。」

「啊。」

明明艾利歐特讓了一子皇后，卻輕而易舉就分出勝負。

「你還不到家呢，殿下。」

艾利歐特壞心眼地笑道，待菲利克斯垂頭喪氣地垂下肩膀，在身後待命的隨從少年立刻在菲利克斯面前擺上紅茶。

看來，他是早就做好萬全準備，讓紅茶能夠在棋局結束的時機剛好送上。

能幹的隨從少年，把菲利克斯喜愛的點心一一擺上桌，同時出聲關切。

「菲利克斯少爺，今天不拉小提琴沒關係嗎？您不是因為想和霍華德大人一起拉協奏曲，才那麼日夜不懈地練習嗎？」

聽了隨從少年這番話，菲利克斯垂下眉尾，露出隨和的笑容。

「小提琴，還是等天晴了再拉比較好。」

他早就發現了，發現艾利歐特不喜歡在下雨天拉小提琴。

菲利克斯．亞克．利迪爾既不擅長念書，也不擅長運動，是個膽小又怕生，靠不住的王子殿下。

但同時，他又是個比誰都善良，比誰都溫柔的王子殿下，這點艾利歐特非常清楚。

善良溫柔的王子殿下，小口小口地喝著紅茶這麼說：

「艾利歐特，等下次放晴，我們一起拉小提琴吧。」

「好啊，沒問題。下次放晴了就拉小提琴。好好練習喔，殿下。」

算好隨從少年離開的時機，艾利歐特湊向菲利克斯耳邊講起悄悄話。

「然後，也記得練習爬樹。」

「嗯。」

機靈的隨從少年，裝作沒聽見這兩位少年互送調皮笑容時提到的小祕密，默默地繼續手邊的工作。

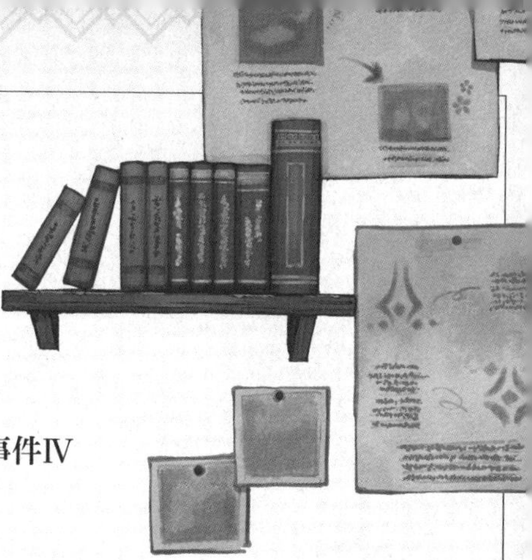

事件IV

反派千金不為人知的活躍

～祈願魔咒帶來的夢～

The secret maneuver of the villainess

自賽蓮蒂亞學園校慶結束以來，已經過了兩週。

這兩週裡，莫妮卡又陪菲利克斯挑戰在圖書館偷看書的任務，又被迷途小女孩與精靈耍得團團轉，還費盡心力幫助某音樂家脫離瓶頸，可說是歷經了好一段慌亂匆忙的日子。

即使如此，既然校慶的善後工作已經告一段落，學生會室自然也會回歸往常的平靜。

……到昨天為止確實是這樣沒錯。

「可惡，明明校慶都結束了，這狀況到底是怎麼回事！」

與菲利克斯一起走進學生會室的希利爾，語調低沉地抱怨。

已經就坐的其他學生會幹部們，都不約而同地望向了菲利克斯與希利爾。

菲利克斯的笑容一如往常沉穩，希利爾則是冷氣四散，顯而易見地煩躁。

「搞不懂，就不能有一刻安分的嗎！豈能勞煩殿下為這種事奔波！」

艾利歐特停下握著羽毛筆書寫的手，用傻眼的目光望向希利爾。

「現在最不安分的人是你吧，希利爾。」

艾利歐特這番諷刺，聽得希利爾當場眼角上吊。

不過，希利爾還來不及回嘴，菲利克斯就先一步沉穩地插話。

「沒辦法，今天一整天希利爾都在幫我留意周遭動靜啊。會不耐煩也是當然的。」

聞言，艾利歐特聳了聳肩，希利爾則是緊閉嘴唇默不作聲。

原本在整理文件的尼爾，把音量放低，體貼地向希利爾說道：

「那我去幫大家沖紅茶喔。」
「我、我也來，幫忙！」
尼爾起身離開，莫妮卡也立刻跟上。
就在打開通往走廊的大門時……尼爾僵住了。
「哇～……」
待尼爾輕聲驚嘆後，晚一步目睹走廊現狀的莫妮卡也噫了一聲。
走廊左右兩邊都是滿滿的人牆。一半是女同學，另一半是她們的僕役。
聚在學生會室前的這群人，全都雙眼布滿血絲緊盯著地面。
這群人畢竟是貴族子女及貴族家的僕役，不會作出趴到地板上之類的舉動。
話雖如此，將近三十人擺出優雅的姿勢，望眼欲穿地死盯著地板瞧，其實也是個頗令人毛骨悚然的光景。
要是只有數人，還可以認為是在尋找失物，可人數多到這種地步，再怎麼說都太異常了。
（好可怕好可怕好可怕好可怕……）
渾身發抖的莫妮卡身旁，尼爾默默關上了門。
眼前景象確實讓人有點想裝作沒看見，會有如此反應也無可厚非。
這時，直到方才為止都貫徹沉默的學生會書記——布莉吉特．葛萊安站了起來。
「讓開。」
語畢，布莉吉特讓尼爾與莫妮卡從門口退開，自己打開了學生會室大門。
群聚在走廊上的人，一見到布莉吉特的身影，便好似難為情地靠往牆邊。

貌美千金左右轉動那雙琥珀色的眼眸，睥睨著女同學冷冷說道：

「妨礙到業務了。沒事要辦就快點離開。」

音量稱不上高，卻響亮又清澈，散發一種不由分說的魄力。

走廊上的那群人就如同浪潮嘩啦退去一般，離開了現場。

艾利歐特見狀，小小拍手了一番。

「漂亮。跟只會大吼大叫的希利爾就是不一樣。」

希利爾朝艾利歐特狠狠一瞪，用壓低的嗓音再度開口：

「到底是，為什麼，會出現這種狀況。」

「因為現在流行一種無聊的魔咒。」

布莉吉特關上門，邊走回自己的座位邊解說。

「把心上人的頭髮包在紙內，壓在枕頭下入睡，就能與對方在夢中相會。」

「啊～也就是，能在夢中見到喜歡的人，之類的魔咒嗎。」

艾利歐特轉頭望向菲利克斯，一臉領悟真相的表情咕噥道。

菲利克斯甩了甩那頭亮麗的金髮，露出略顯困擾的微笑。

身為第二王子，坐享最有力王儲候補呼聲的他，是女同學們心儀的目標。

就算撇除掉政治考量，為了他的優秀成績與出色外貌而陶醉的千金小姐亦不在少數。

即使仰賴魔咒許願，也想做一場有菲利克斯的美夢，那些對菲利克斯朝思暮想的千金小姐之中，有部分大概就是抱著這種想法吧。

（感覺不久之前，才聽過用藍色墨水寫情書的魔咒正流行……）

無論如何，對於不解情愛的莫妮卡來說，這些都是沒什麼頭緒的話題。

世間流傳的魔咒種類還真不少呢——就在莫妮卡如此暗自欽佩時，希利爾突然一拳捶上了桌面。

比北風更加寒冷的冷氣，瞬間以他為中心開始擴散。

「就為了這種事，特地跑來蒐集殿下的頭髮嗎？為了滿足一己私慾，不惜利用殿下尊體的一部分，不敬也該有個限度！」

對敬愛菲利克斯的希利爾而言，只要是為了私心利用菲利克斯，縱使只是一根頭髮，恐怕也不可饒恕吧。

以銳利眼神瞪向走廊的希利爾將手放在胸前，向菲利克斯宣言：

「殿下請放心！殿下的頭髮就由我來守護！」

過於嚴肅面對，反而顯得有點錯亂的這則宣言，讓菲利克斯小小苦笑了一番，他擺出托腮的姿勢回應。

「像這類遊戲，沒多久就會退流行的。你用不著這麼視為眼中釘。」

「……殿下寬大的心胸，我深感佩服。」

沉穩平靜的發言，讓希利爾立刻收起了冷氣。

菲利克斯再度露出微笑，轉頭環視室內一圈。

「好了，這件事就到此為止。」

說著說著，菲利克斯用眼神督促大家就坐，恐怕是要宣布什麼重要事項吧。

確認全員各就各位之後，菲利克斯開了口。有別於平時溫和的他，臉上罕見地掛著嚴肅的表情。

「方才接獲圖書委員會的報告，保管在第二圖書室的魔導書，有書頁遭到了毀損。」

莫妮卡當場倒抽一口涼氣。

魔導書的書頁遭到破壞是多麼可怕的事，莫妮卡比在場所有人都清楚。

魔導書可說是以書本為外型的魔導具。與魔術書不同，魔導書單體就能夠發動魔術。

構成魔導書的紙張與墨水都是特殊物質，一但頁面受損，該處記載的魔術就有可能失控。

「幸好，瑪克雷崗老師立刻進行了封印處置，才沒有釀成大事。但這仍然是一樁惡質的惡作劇，有必要盡速，最好是明天就通知全校學生，找出犯人予以嚴重警告。你們在利用圖書室時，也請不動聲色地幫忙注意。」

菲利克斯的嗓音中，散發著一股沉靜的怒意。

憤怒的理由，莫妮卡算是心裡有數。

因為這個人實際上非常熱愛魔術。甚至是到了要偷偷躲起來讀專門書籍的地步。

魔導書乃是魔術師技術的結晶，毀損魔導書的行為，看在熱愛魔術的他眼裡，相信是天理不容吧。

聽著菲利克斯的說明，莫妮卡暗自思索起來。

（魔導書基本上被視為魔導具，同樣受到嚴格管理，想閱覽應該也得經過許可……為什麼，會刻意去破壞這樣的書呢？）

不明人士想利用魔導書失控的意外去暗殺菲利克斯——這種火藥味十足的想像突然竄過腦海，但仔細想想，這樣的手段又太欠缺確實性了。

實際上，魔導書就沒有失控，也立刻被施予了封印處置。

（明明是會留下閱覽紀錄的書，還特地毀壞書頁的理由是……？）

不管怎麼樣，既然會留下閱覽紀錄，犯人落網想必只是遲早的事。

理出這項結論後，莫妮卡便將精神集中到了下一則議題上。

＊＊＊

「真的是受不了妳，講過幾次了，一叫就要馬上來是聽不懂嗎！到底想讓我等多久啊！」

身為莫妮卡護衛任務協助者，扮演反派千金的伊莎貝爾．諾頓，有著把莫妮卡招待到自己房間時，非上演一齣小劇場不可的習慣。

不過那天的伊莎貝爾早早就讓小劇場落幕，匆忙關上了房門。

「那個，伊莎貝爾大人？」

「姊姊，妳臉色不佳呢。比起椅子，躺沙發應該更能放鬆吧。來，快請坐。艾卡莎，艾卡莎，今天別上紅茶，幫姊姊準備熱牛奶來。記得要加滿滿的蜂蜜！」

莫妮卡恭敬不如從命地坐上沙發後，伊莎貝爾的隨從侍女艾卡莎立刻幫忙在大腿鋪上餐巾。

伊莎貝爾在身旁就坐，目不轉睛地盯著莫妮卡的臉。

「姊姊一定很疲憊吧。看了好心疼……」

平時臉色就稱不上健康的莫妮卡，今天似乎是顯而易見地憔悴。想必是心勞直接反映在臉上了吧。

莫妮卡舉起掌心往臉頰揉了揉，試著讓憔悴的臉色看起來不要那麼蒼白。

「其實，最近學生會室周圍總是圍滿了人……讓我靜不下心……」

打從能夢見心上人的魔咒在學生會室被提及以來，已經過了三天。

雖然布莉吉特的喝斥稍稍改善了情況，但相較於以往，在學生會室周圍徘徊的人還是增加了不少。

身為第二王子，又是呼聲極高的王儲候補，菲利克斯原本就是紅遍校園的明星，話雖如此，盯上他頭髮的千金小姐們群聚在周圍徘徊不休的光景，果然還是十分異常。

最重要的是，再這樣下去，難保不會對祕密護衛任務的執行造成影響。

聽了莫妮卡的說詞，伊莎貝爾好似陷入沉思一般，將扇子舉在嘴邊。

「如果是那個魔咒，高中部一年級也正流行喔。記得好像是說，在刺繡社定期舉辦的練習會上，有聽到類似的講法……」

「刺繡社……？」

「刺繡社舉辦的練習會，就算不是社員也能夠自由參加。我偶爾也會去露露臉。」

按伊莎貝爾所言，刺繡社的練習會似乎就跟茶會一樣，很適合用來收集情報。

在家世與交友圈的影響下，茶會的參加者大多都是特定那幾群人，反倒是刺繡練習會在這方面的門檻比較低。

當然，練習會的參加者還是會自己分成好幾個小圈子，但只要桌位沒有離得太遠，別桌團體對話的內容還是會自然傳進耳裡。

伊莎貝爾的同班同學，大概就是在練習會聽到別桌談論的魔咒，就這麼帶回班上傳開了吧。

把扇子攤開，伊莎貝爾志得意滿地挺胸說道：

「還好啦～只要成為我這種等級的粉絲，根本用不著依賴那種魔咒，靠自己就能夢見姊姊了。」

比起魔咒，能做到這種程度應該更厲害吧——莫妮卡心想。

暫且無視於啞口無言的莫妮卡，伊莎貝爾繼續接話。

「然後……那個祕密記號，或許也是讓魔咒可信度提升的因素之一呢。」

「……祕密記號？」

就莫妮卡所知，魔咒的內容應該就是「把心上人的頭髮包在紙內，壓在枕頭下入睡，就能與對方在夢中相會」而已。

祕密記號什麼的，先前完全沒聽過。

「我聽到的說法是，在紙上畫好許願用的記號，再把心上人的頭髮包進去之類的。」

（……咦？）

一股不祥的預感湧現莫妮卡的胸口。

「那聽起來，不就是咒術嗎……」

「咒術……是指像姊姊在校慶時回收的首飾，那樣的東西嗎？」

伊莎貝爾露出一臉狐疑的表情。那當然了。咒術這種東西，正常人就算一輩子都沒見過也不奇怪。

真要說起來，莫妮卡自己對咒術也不是那麼熟悉。

咒術屬於一種與魔術似是而非的技術，在利迪爾王國，這項技術是由〈深淵咒術師〉出身的歐布萊特家所獨占的。

「那個，伊莎貝爾大人。請問妳知道那種魔咒用的記號，是長什麼樣子嗎？」

「請稍等一下……艾卡莎！」

一聲令下，伊莎貝爾的隨從侍女艾卡莎俐落地遞出了紙跟羽毛筆。

伊莎貝爾輕輕閉上眼睛，浮現努力回想的神情，動起羽毛筆在紙上勾勒出記號。

那是與莫妮卡見慣的魔術式或魔法陣都截然不同的模樣。

不過，這種具備固定法則性的紋路，莫妮卡也並不陌生。

（感覺起來……跟〈深淵咒術師〉大人的咒印很像。）

莫妮卡曾經不只一次看過，與自己同屬七賢人的第三代〈深淵咒術師〉——雷・歐布萊特施展咒術的場面。

其中也不乏以畫有咒印的紙張包住頭髮，製作成簡易咒具的咒術。

（保險起見，可能還是調查一下比較好。）

萬一這根本不是什麼許願魔咒，而是實實在在的「咒術」，事情肯定會一發不可收拾。

莫妮卡正如此沉思，伊莎貝爾就突然從沙發上猛力起身。

「看來，是輪到反派千金出馬的時候了呢。」

「咦，呃——……」

「在社交界收集情報可是我的拿手好戲。且看我這反派千金如何展現華麗身手掌握謠言出處吧！」

伊莎貝爾原本似乎打算攤開扇子高聲大笑，但或許顧慮到莫妮卡的體況，才剛張嘴又闔了起來。

然後以端莊的舉止重新坐回沙發，和莫妮卡相親相愛地享用侍女艾卡莎送上的熱牛奶。

＊＊＊

刺繡社的練習會選在與沙龍同樣寬敞的房間舉行。

在室內羅列的其中一張沙發就坐，刺著雲雀刺繡的廉布魯格公爵千金——艾莉安奴・凱悅正默默傾聽著周圍的閒聊。

傳進耳裡的內容是近來流行的魔咒。什麼把心上人的頭髮用紙包好，壓在枕頭下入睡，就能在夢中與對方相會還怎樣的。

（哎呀哎呀，真是的。竟然就為了這種魔咒，成天黏在菲利克斯大人附近，想要撿一根頭髮回去……到底是有多麼卑微呀。只有在夢裡才能讓菲利克斯大人回眸一笑的人，也真夠可憐的了。）

艾莉安奴是菲利克斯的從表妹，同時也是首席未婚妻。

只要艾莉安奴要求，菲利克斯就會出席茶會，舞會上也好幾度與菲利克斯共舞。

所以，根本沒必要仰賴這種可愛的魔咒去作夢。

之所以會出席平時不常露臉的刺繡社練習會，是因為艾莉安奴身為千金大小姐，想跟上時下的流行趨勢。

前一陣子，刺繡社的練習會並沒有這麼熱鬧，可在魔咒蔚為話題之後，就變得盛況空前。

（跟上流行乃是貴族的必備教養，況且……說不定會有派上用場的機會，先把傳聞聽詳細點總是不吃虧。）

隔壁席位上的千金們，現在正停下刺繡的工作，在紙上畫些什麼東西。那不是刺繡的圖案。是許願用的記號。似乎是要在紙上畫好這種圖案，再把心上人的頭髮包進去。

艾莉安奴假裝要更換刺繡用的繡線，一瞥一瞥地側眼望向紙上的記號。

記號遠比想像中來得複雜。

由於本身學有初級程度的魔術知識，艾莉安奴馬上就看出了那記號雖然十分神似魔術式，卻與魔術截然不同。肯定不是魔術。

（我看，一定是想出這種許願魔咒的人，故意模仿魔術式，瞎掰出來的冒牌圖案吧。）

即使明白不可能一眼就記熟，艾莉安奴還是死命嘗試記下那種圖案。這時，室內突然嘈雜了起來。

「大家好——」

帶著可掬笑容來到室內的，是艾莉安奴的同班同學——柯貝可伯爵千金伊莎貝爾・諾頓。

艾莉安奴暗自皺起了眉頭。

明明只是伯爵家的女兒，卻比自己還要搶眼的伊莎貝爾雖然教人看了就討厭，偏偏柯貝可伯爵的影響力又不容小覷，所以不能擺出太苛薄的態度。對艾莉安奴而言，伊莎貝爾是個非常不好應付的對象。

有鑑於大牌貴族千金登場，一頭奶茶色頭髮的千金小姐——刺繡社社長塞西莉・斯坦雷立刻起身接待。

「午安妳好，伊莎貝爾大人。真高興看到妳出席。今天隨從也一起呀。」

伊莎貝爾身後，跟了一位淺褐色頭髮的嬌小少女。是學生會會計莫妮卡・諾頓。

只見伊莎貝爾舉起扇子遮口，哼哼哼地發出不懷好意的笑聲。

「是呀，我這丫頭明明身為奴僕，卻連個針線都縫不好。不曉得有沒有哪位大人願意給她指點一番呢？」

這番話中帶刺的發言，聽得莫妮卡低著頭僵在原地。

艾莉安奴不由得暗自心想。這裡是不是該開口應一聲「哎呀～真可憐」，然後把莫妮卡邀來自己這桌呀。

（不成，不成。那種僕役要是被招來我們這桌，會更加凸顯她的淒慘，這樣太可憐了！）

相信所有人都與艾莉安奴同樣想法吧。

雖然想和大牌貴族千金伊莎貝爾套好交情，卻又不希望僕役跟到自己桌位來，在場者無一不是露出這樣的表情。

向這樣的莫妮卡伸出援手的，是在較遠處的桌位作業的刺繡社副社長——席拉・阿什伯頓。

臉上掛著眼鏡，氣質穩重的黑髮千金席拉率先舉手開口。

「如果是這樣，歡迎到我們這桌來……就那個……我們這桌專門負責初學者講座。」

面對鬆一口氣的莫妮卡，伊莎貝爾唇槍舌劍地放了話。

「哎呀，恭喜妳喔。還不快去給人家好好指點？希望妳至少學會怎麼縫抹布啊。」

喔——呵呵呵！隨著如此開懷笑聲，伊莎貝爾走到了上級貴族千金們專用的桌位就坐。

莫妮卡・諾頓則是不停打顫，畏畏縮縮地往位在角落的席拉桌位走去。

近來流行的魔咒，有可能其實是種咒術——抱著這種想法的莫妮卡，寫了封信送給〈深淵咒術師〉雷・歐布萊特。請他確認這份推測是否屬實。

信件是託付給琳這位風系高位精靈交寄，相信會比普通郵件更快送達，可即使如此，也不保證能夠馬上收到回信。

所以莫妮卡決定，在等待雷回信的期間，與伊莎貝爾一同潛入刺繡社的練習會，進行相關調查。

針對練習會上的調查，伊莎貝爾提出了一個主意。

『我們不如就兵分兩路吧。』

出席刺繡社練習會的成員，某種程度上會分為上級貴族與下級貴族兩個團體。

上級貴族的團體，似乎是由刺繡社社長塞西莉・斯坦雷在帶領。

這種場合下，塞西莉的立場就等同於茶會主辦人。她要在指導刺繡的同時談笑風生，好好款待出席的上級貴族千金們。

一會兒刺繡、一會兒談及流行，有時甚至得主動提供社交界的當紅話題，是非常重要的崗位。

然後，負責照料其他成員團體的，就是副會長席拉．阿什伯頓。

伊莎貝爾是這麼形容席拉的：

『席拉．阿什伯頓是位態度比較拘謹的人，但個性非常親切。要是看到姊姊給人輕蔑，一定會主動邀請姊姊到她那桌去才對。』

一如伊莎貝爾所言，莫妮卡一被伊莎貝爾欺負，席拉馬上就舉手開了口，把莫妮卡請過去。

（好、好厲害……真的，全都被伊莎貝爾大人說中了……！）

凡是出入刺繡社的千金小姐，無論家世、人際關係，乃至性格全都在伊莎貝爾的掌握中。實在是個可靠的協助者。

莫妮卡此行的任務，在於從席拉口中問出魔咒的出處。

席拉是負責指導下級貴族團體刺繡的千金小姐。有時也會移動到別桌去，所以知道的事情可能比社長塞西莉還多……以上是伊莎貝爾的見解。

（要、要來努力打聽，嘍！）

鼓起幹勁朝席拉桌位走去的莫妮卡，忽然在席拉隔壁的沙發看到一位眼熟的人物，不禁當場瞪大了眼睛。

「咦、啊，拉娜？」

「莫妮卡——？」

拉娜火速把手上的刺繡遮在胸口，將圖案藏到莫妮卡看不見的角度。

大概是不想讓半成品見人吧。莫妮卡自己也對於讓別人看自己畫到一半的魔術式抱有些許抗拒，所以很明白這種心情。

（如果是這樣，坐在拉娜旁邊可能會害她困擾……）

莫妮卡一時有點手足無措，不曉得該坐哪裡比較好，結果副社長席拉朝自己身旁的坐位拍了拍。

「這邊請坐。」

席拉與拉娜各自就坐的沙發互為直角，是可以對話，但看不見手邊刺繡圖案的距離。

莫妮卡滿懷感激地坐到了席拉身旁。

「失、失禮惹……」

待莫妮卡就坐，席拉望了望莫妮卡帶來的針線盒，頓時皺起眉頭。

莫妮卡的針線盒小到可以放在掌心，裡頭就只裝了針線而已。連把裁縫剪都沒有，所以得用牙齒咬斷繡線。

除了陽春至極的針線盒，就只剩幾片老舊破爛的練習用布條。以上就是莫妮卡帶來的所有家當。

席拉將自己的針線盒推向莫妮卡。

「不夠的道具就請先用我的……就那個……頂針也一起借妳。」

「真、真的非常感謝妳……那個，請問，這個應該戴在哪根指頭呢？」

聽到莫妮卡過於無知的發言，席拉不禁瞪大眼鏡下的雙眼，但仍然細心地指導頂針的用法。果然正如伊莎貝爾所說，個性十分親切。

莫妮卡在裁縫上也不算是拙劣，只是因為不怎麼感興趣，所以只學了最低限度的技巧。

這裡所說的最低限度，是指毫不顧及成品外觀，只要能把布跟布縫在一起就算數。

窩在山間小屋度日的莫妮卡並不在意穿著打扮，所以對縫紉的認知，只侷限在衣服有破時，能把缺口補起來就行了。

「頂針就像這樣，套在慣用手的中指，方便自己推針頭。只要有了這個，想縫比較厚的布就會輕鬆許多。」

「原、原來如此……」

以往要縫較厚的布，針頭沒法順利穿過時，莫妮卡都只是把針頭頂在桌上猛推，硬是把針推過了事，所以率直地感到佩服。

「首先試著練習把這塊布直直縫好吧。不是一味地動針……就那個。想像成讓針推進的感覺。把布條轉動到能以直角入針，就會比較順利。」

「我、我明白了……」

莫妮卡立刻按照指示開始縫布條。起初還太在意右手中指的頂針，覺得沒辦法靈活運指，但原來右手根本就不需要有太大的動作。

（不是一味動針，而是讓針推進……與布呈直角的方式推進……）

所謂的正確做法，通常就是合理的做法。然後，莫妮卡喜歡合理的事物。

（啊，感覺上，好像開始比平時縫得有效率了。而且針腳似乎也比較漂亮……！）

在莫妮卡望著縫好的針腳暗自感動時，拉娜停下了手邊的作業，嘟嘴鬧起脾氣來。

「莫妮卡要來練習會，怎麼不跟我說一聲嘛。」

「呃——拉娜妳常常，來練習會嗎？」

聽莫妮卡這麼一問，拉娜不知為何忽然露出驚慌的表情。

席拉側眼望了望拉娜，低聲說道：

「可雷特小姐今天是第一次出席練習會。不過，手藝很有模有樣呢。」

席拉這番誇獎，讓拉娜難掩喜悅之情，嘴角為了壓抑上揚的衝動而不停發抖。

可是，她似乎還是不願公開手邊的刺繡。

既然拉娜不想被人看見，自己一定就別看比較好。莫妮卡帶著徬徨不定的眼神，努力不看向拉娜手邊問道：

「拉娜，妳平時就有在刺繡嗎？」

「還好啦，就一般程度吧。我老家的商會有在經手服飾品，多少懂些門道會比較好對吧？最近很流行把珍珠或串珠用平紐繡成一圈的裝飾呢。妳看嘛，領飾跟胸針上面不都很常見嗎？然後就是一些蕾絲也會在邊緣刺繡……」

拉娜連珠砲般地解釋起來，卻只像是在找理由掩飾參加練習會的真正目的。

平時不常到刺繡練習會露臉的拉娜，會挑在這個時機出席的理由，莫妮卡想來想去都只有一個。

（該不會……拉娜她也，對魔咒感興趣……？）

拉娜也有喜歡的對象，並且想和那個人在夢中相會——她是這麼想的嗎。

（首先得調查清楚，時下流行的魔咒到底和咒術有沒有關係，才行……畢竟如果是無關咒術的單純許願型魔咒，就沒有任何問題了……）

硬要說的話，菲利克斯的頭髮成為女同學搶奪目標其實是個問題，但只要魔咒退流行，學生會室周邊的騷動應該也就會沉靜下來了。

停下正在操作針線的手，莫妮卡假裝若無其事地開口。

「那個，最近，好像有魔咒正在流行呢……」
這種絲毫都不像若無其事的做作開頭，聽得拉娜當場一臉狐疑。
「莫妮卡，妳對那個魔咒有興趣嗎？」
果然，拉娜也知道魔咒的存在。
這裡該回答自己有興趣嗎？莫妮卡迷惘了起來。隨後，席拉一邊刺繡一邊小聲地接話：
「嗯，就那個嘛。把頭髮包在紙裡面的……也真難為學生會了。應該有很多盯上殿下頭髮的同學，殺到學生會室那邊賴著不走吧。」
「是、是的……」
「那個風聲傳開後，我們刺繡社的練習會就一直盛況空前……說實話，對想要靜靜刺繡的我來說，就那個。內心頗為複雜。」
「妳知不知道，那種魔咒是從誰開始，傳起的呢……？」
雖然問法太過直接，但席拉大概認為莫妮卡身為學生會幹部，深受其擾吧。
只見席拉露出有點同情的神情，望向莫妮卡低聲答覆。
「雖然不曉得最先是誰起頭的，但那個魔咒好像有記載在最近寄贈到圖書館的贈書上喔。」
「寄贈到圖書館，的書上……？」
說起最近寄贈的書，應該就是先前廢館的海姆茲．納里亞圖書館的館藏了。
然後莫妮卡在兩年前，曾為了進行魔導書封印作業，實際跑過一趟海姆茲．納里亞圖書館。
（海姆茲．納里亞圖書館……魔咒……）
總覺得有什麼蹊蹺，莫妮卡停下操作針線的手，默念不停。

感覺只要再有個什麼契機，就能一口氣補回記憶的缺口。
然後，那個契機以意想不到的方式造訪了。
「不好意思——！可以借用一下針線嗎？我的襪子破洞哩！」
打開大門操著宏亮嗓音求救的，是永遠朝氣十足的肉鋪小開——古蓮．達德利同學。
古蓮這句話，直接猛力撬開了莫妮卡記憶的大門。
兩年前，在海姆茲．納里亞圖書館進行的魔導書封印作業。
〈深淵咒術師〉雷．歐布萊特當時提倡的，在他人襪子開洞，藉以提升自我肯定感的咒術。
為了讓女孩子比較願意翻閱，重新製作的粉紅色可愛封皮。
然後，縮小原本的《咒術入門》書名，寫得又大又搶眼的《第一次的魔咒》文字。
（哇啊啊啊啊啊啊啊啊啊啊啊！）
莫妮卡當場喉嚨抽筋，哈嘻哈嘻地邊抽搐邊喘氣。
如果說，把這個魔咒傳開的人參考的，是掛著《第一次的魔咒》書名的《咒術入門》，那無論誰怎麼說，實際上就是不折不扣的咒術。
（大事不妙了啊啊啊……！）
按耐不住雙手的顫抖，收起針線的莫妮卡渾身發抖地從沙發上起身。
「那個，我突然、突然，突然有急事得處理……恕、恕我告遲！」
向滿臉驚愕的拉娜與席拉低頭賠罪之後，莫妮卡飛也似地衝出了房間。
首先必須去圖書室一趟，確認寄贈書籍的清單才行。

古蓮．達德利踏進房間，扯著大而無當的嗓子猛喊的瞬間，艾莉安奴由於驚訝過度，不小心用針刺傷了指頭。

（你到底想讓人憤怒到什麼地步，古蓮．達德利！）

即使被艾莉安奴暗自狠瞪，古蓮也絲毫沒留意艾莉安奴，只是一臉不明所以地目送與自己擦身而過，飛奔而出的少女離去。

「莫妮卡好像很著急，是出了什麼事咩？……啊，不好意思～我想跟妳們借用下針線～！」

看到大嗓門的古蓮上門求助，千金小姐們的反應大概是一半傻眼，一半覺得好玩。

刺繡社的練習會是淑女專屬的天地，身為男性還粗魯闖進，原本是理當飽受責難的行徑。

但古蓮在校慶舞台劇演出英雄，還以大成功收場，因而成為校園內眾人關注的焦點。想和他拉近關係的千金亦不在少數。

在室內左顧右盼的古蓮或許是找到熟面孔，隨著一聲「啊，是拉娜」走向了後頭的桌位。

（為什麼是往那邊去啊？本小姐明明就坐在這裡！……也罷，反正什麼想和他拉近關係之類的，我絲毫都沒有這種念頭就是了。是說我們一起上台表演過，就禮數而言要開口問候才自然吧。）

艾莉安奴把繡框擺在膝蓋上，從古蓮的背後出聲搭起話來。

「午安你好，古蓮大人。」

「啊，上次演劇的女生。」

艾莉安奴拚死忍著不讓笑臉抽搐。

這邊可是主動記得了你的名字，為什麼你卻有那個膽子一無所知。

「我叫艾莉安奴．凱悅喔。」

露出被評為妖精般楚楚動人的笑容，艾莉安奴輕輕歪了頭，仰望古蓮微笑問道：

「為了要補襪子破洞煩惱嗎？不如就由我代勞吧？」

想當然，古蓮肯定會對艾莉安奴感激無比，覺得「怎麼有這麼慈悲為懷的善良千金！」吧。

可是，古蓮的反應卻不知為何，顯得有點遲鈍。

「呃——……嗯～……」

望著艾莉安奴繡到一半的雲雀，古蓮竟然苦笑著回應。

「我自己來比較快。不用麻煩啦。啊，那就跟妳借用一下針線嘍！」

說著說著，古蓮坐到了艾莉安奴旁邊，擅自從針線盒裡取出了針線。

把線穿過針孔，還有打結的動作，都顯得經驗相當老道。

艾莉安奴正為了屈辱而顫抖，古蓮就望向繡框的雲雀說：

「妳想繡野豬的話，在這邊繡幾條黑線，會更有模有樣喔。」

「唔呼呼，哎呀～古蓮大人真是的，這麼會說笑。」

在露出高雅微笑的同時，艾莉安奴死命壓抑著想拿繡框往古蓮臉上猛捶的衝動。

＊　＊　＊

以學生會室為目標，莫妮卡笨手笨腳地跑著。雖然跑得遲鈍至極，卻已經是莫妮卡使出渾身解數跑出的最高速度。

幾十分鐘前，從刺繡社練習會奪門而出的莫妮卡，已經去過圖書館棟，拜託圖書委員出示最近寄贈來的書本清單。

然後不出所料，找到了那本書。

《第一次的魔咒》，作者：雷．歐布萊特。

真正的書名其實是《咒術入門》，但恐怕是字體縮小過頭，讓登記者看漏了吧。

原本，咒術書是必須經過許可才能閱覽的書籍。偏偏新的封皮包裝太過可愛，害這本書被誤認為一般書籍，結果，就這麼擺到了賽蓮蒂亞學園一般書籍區的書架上。

發現這件事實的莫妮卡慌忙拜託圖書委員，表示想借閱這本書。然而得到的回答，卻是目前已經出借中。

由於牽涉到保密義務，即使莫妮卡是學生會幹部，圖書委員也不能透露借閱的人是誰。

（雖然已經預約了下一次出借的順位，但是不盡早回收的話……）

如果向校方提出申請，指出有咒術書混在一般書籍內，或許有機會立即回收。

可這樣一來，就會輪到莫妮卡遭人質疑，怎麼會知道那本書是咒術書。畢竟照理來說，一般人是沒有機會目睹咒術書的。

要辯稱是因為作者名稱跟第三代〈深淵咒術師〉同名，恐怕稱不上可靠的依據。

（總而言之，現在最要緊的，是確認殿下有沒有遭到詛咒……！）

莫妮卡的任務是護衛菲利克斯。有必要最優先確認菲利克斯的安危。

為了確認菲利克斯平安無事，莫妮卡正拚命甩動手腳全速奔馳。

從刺繡社的沙龍，跑往圖書館棟，再往學生會室全力衝刺，雖只是短短兩段路，對於長期運動不足的莫妮卡而言，仍與極限運動無異。側腹為此疼痛不已。

總算，在腳步愈踩愈慢，步伐愈來愈窄的時候，莫妮卡抵達了學生會室。

「到、到了～……唔……咳咳……唔嘔……」

喘著大氣咳嗽的同時，莫妮卡打開大門，正好菲利克斯獨自在室內作業。

今天學生會並沒有要集合幹部開會，但如果是菲利克斯，八成會留在能安靜作業的學生會室。這個推測可說是精準命中了。

（好、好險……萬一，殿下沒有留在這裡，就非得跑一趟三年級的教室不可了……）

對於內向的人來說，要跑到不同年級的教室去，是一種嚴酷的考驗。

莫妮卡撫著胸膛鬆一口氣時，菲利克斯停下握著羽毛筆書寫的手，抬頭望向了莫妮卡。

「嗨，瞧妳這麼臉色大變，出了什麼事嗎？」

「殿、殿下，那個……」

講到這裡，莫妮卡才猛然回神，吞下險些出口的發言。

校園圖書室裡混進了咒術書，有人因此誤將咒術當成魔咒傳開。

所以，莫妮卡想知道菲利克斯身上有沒有出現什麼異狀，但仔細想想，莫妮卡根本不曉得，咒術書裡記載的咒術詳情。

莫妮卡能在記憶中找到的，絕無僅有的一項咒術就是——

「殿、殿下的……」

「嗯。」

「殿下的，襪子平安無事嗎！」

近來總為了頭髮的事讓人煩心，今天又被人關心襪子狀況的王子殿下，帶著笑容陷入了沉默。無言的室內，只有莫妮卡哈嘻哈嘻的苦悶喘息聲空虛地迴響。

菲利克斯笑容可掬地開口。

「應該一如往常吧。」

（太好了……總之，應該是沒有被下襪子破洞的，詛咒。）

放下內心一顆大石頭，莫妮卡繼續確認。

「然後，呃——……身體有沒有出現瘀青，或是發燒之類的……？」

「為什麼，突然問起這種事？」

過於理所當然的疑問。

莫妮卡頓時手足無措，無意義地擺動雙手，死命擠出藉口搪塞。

「呃——我聽說現在流行這種怪病，擔心殿下是不是安好……」

菲利克斯「嗯哼～？」一聲，從椅子上起身。走向喘著大氣的莫妮卡，露出一抹微笑。

「所以妳替我擔心呀？」

「是的，非常非常擔心……」

具體而言，就是身為護衛，非常擔心菲利克斯是否遭到了詛咒。

莫妮卡開始集中注意力，聚精會神地觀察菲利克斯的臉或脖子等裸露在外的皮膚。被人用咒術下咒的對象，大致上都會在皮膚浮現名為咒印的紋路。

（視線所及範圍沒找到類似咒印的痕跡，不曉得被衣服蓋住的部分如何……）

就在莫妮卡開始凝視菲利克斯制服領口一帶的時候，菲利克斯忽然以極其自然的動作按住了莫妮卡的肩膀，督促莫妮卡往沙發就坐。

莫妮卡噗咻一聲陷入沙發的坐墊裡，菲利克斯也靜靜地往身旁就坐。

「所以，那種怪病跟襪子有什麼關係？」

「呃——那個……因、因為這種病有時會導致腳的皮膚潰爛……」

「那還真可怕呢。」

「是的，真的很可怕很可怕。」

要是真的存在那種怪病，應該就比在襪子開洞的咒術還要可怕吧——在腦海角落思索著這種事情的莫妮卡，不停如搗蒜般地點頭。

菲利克斯好似看得很開心，歪頭笑著追問。

「那種病，其他還會出現怎樣的症狀呢？」

「呃——心悸、喘不過氣，還有暈眩等等……」

只是隨口舉出幾種感覺像那麼回事的症狀，沒想到菲利克斯立刻露出心裡有數的表情。

「這下糟了。」

語調中傳出的嚴重性，令莫妮卡頓時感到渾身血液倒灌。

「殿、殿下，難不成，對這些症狀有什麼頭緒……」

「嗯，我知道有個人，臉色蒼白到隨時可能暈倒，而且從剛才就一直喘不過氣。」

「那、那個人是誰……？」

莫妮卡開始急了。確實，詛咒不一定只會以菲利克斯為對象。菲利克斯身邊的人遭到下咒的可能性並不是零。

這時，莫妮卡察覺到了。

一連幾天，魔咒騷動導致菲利克斯的頭髮成為爭奪目標，希利爾為此一直形影不離地跟在菲利克斯身邊。

明明如此，現在學生會室裡卻找不到希利爾的身影。

「該不會，希利爾大人他……？」

「是妳呀。」

咦——傻呼呼的訝異聲反射性脫口而出。

菲利克斯俐落地脫下手套，伸出指尖按在莫妮卡額頭上。

「……嗯。好像沒有發燒。妳從剛剛進房後就一直氣喘吁吁的，臉色又那麼蒼白，我很擔心喔？」

氣喘吁吁是因為一路全速奔馳到這裡，臉色蒼白對莫妮卡而言則已經是有點類似長期症狀的常態。

「我、我非常生龍活虎。那請問，希利爾大人之所以不在，是因為……？」

「希利爾現在，去處理別件事了。」

露出稍稍沉思的表情，菲利克斯的語調沉了幾分。

「之前，不是發生了魔導書書頁遭毀損的事件嗎？我已經掌握到嫌疑犯的身分，所以讓希利爾前去質詢了。」

這麼說來是有提過這件事嘛～莫妮卡開始回想。

魔導書基本上是受到閱覽限制的。只要追溯閱覽記錄，想把握犯人身分相信並不困難。

「所以那位犯人，到底是誰，呢？」

「是高中部三年級的溫妲・威爾莫特小姐。妳應該沒見過吧……她跟刺繡社社長是表姊妹。溫妲小姐本身也是刺繡社的社員。」
溫妲．威爾莫特，莫妮卡對這個名字沒有任何印象。
只是，破壞魔導書的犯人是刺繡社社員，這件事實令莫妮卡相當在意。
（現在流行的魔咒，恐怕是記載在咒術書裡的咒術。然後，傳開那種魔咒的源頭是刺繡社……）
混進一般書籍區的咒術書，以及遭毀損的魔導書。這兩者之間，總覺得一定有某種關連。
（以《第一次的魔咒》為名的《咒術入門》，是被溫妲．威爾莫特小姐借走的？如果是這樣，她又是為何，要做出破壞魔導書的舉動？）
低頭沉思的莫妮卡，嘴邊突然碰觸到某種物品。鼻子嗅到的是奶油濃郁的香氣。
莫妮卡反射性將嘴邊的物品含進嘴中，嗯咕嗯咕地咀嚼起來。
那是抹滿奶油，塗有樹莓果醬的烘焙點心，上頭還撒了碎肉般的顆粒。濕潤濃郁的質地與富嚼勁的顆粒，讓人可以同時享受兩種不同的口感，樹莓的酸味又剛好形成絕佳的點綴。
「……哇啊？」
嚼著點心抬頭，發現一雙碧綠眼眸正有點調皮地望著莫妮卡。
「把這個吃完，今天就先回宿舍休息吧？相信妳一定累壞了。」
塞了滿嘴點心，臉頰都鼓起來的莫妮卡，正在煩惱該怎麼回應，菲利克斯就揚起嘴角笑道：
「還是說，妳希望讓我為妳看護？」
莫妮卡以驚人之勢猛搖頭。
要是真發生了這種狀況，學生會室就要被激昂的希利爾凍成冰庫了。
膽敢讓殿下做這種事，妳這是成何體統！——一想到希利爾勃然大怒的模樣，莫妮卡不禁嚇得渾身發抖。

「我、我先告辭勒！」

菲利克斯就這麼嗤嗤地笑著，目送慌忙起身的莫妮卡離去。

從學生會室奪門而出的莫妮卡，關上大門後「呼～」地喘了口氣。

雖然無論身體或精神都極度疲勞，但已確實收集到了相關情報。

（可是，還缺乏決定性的證據……）

往女生宿舍走著走著，一陣微弱的聲音突然傳進莫妮卡耳裡。

『〈沉默魔女〉閣下……請問有聽見嗎？』

是琳的聲音。恐怕是從遠處直接振動莫妮卡的耳膜傳聲吧。

要給〈深淵咒術師〉雷．歐布萊特的信，是昨晚交給琳的。

該不會，已經有回覆了吧？

『由於您提過，希望能盡速得到〈深淵咒術師〉閣下的回應……』

明明是昨天夜裡才拜託的，竟然已經把回信帶來了嗎！莫妮卡心中不禁深深感動，琳也自豪地繼續道出：

『所以我把〈深淵咒術師〉綁過來了。』

唔欸──？一道怪異叫聲從莫妮卡的喉嚨響起。

* * *

賽蓮蒂亞學園領地內的某片森林裡，〈深淵咒術師〉雷・歐布萊特正抱著膝蓋弓成一團。

「難、難以置信……不但劈頭就把人綁走，還用那種旋轉好幾圈的方式降落……那算什麼，那算什麼，根本莫名其妙。我還以為內臟要從鼻孔噴出來了……」

看來是體驗到了琳所提倡的「帥氣降落方式」。

把莫妮卡載來森林的琳，一臉老實地點頭。

「能提供讓大家滿意的服務，真是太好了。」

感覺對雷非常過意不去，莫妮卡趕緊鞠躬賠罪。

「那個，真的是很不好意思。其實，校園裡混進了〈深淵咒術師〉大人的著作……」

從前在海姆茲・納里亞圖書館換掉封面的那本咒術書，被當作一般書籍上架，結果借閱的人，可能把裡頭的咒術當成許願魔咒傳開了。

待莫妮卡如此簡潔說明完畢，原本臉色就不好的雷，這會兒更是面色如土。

把一頭紫髮嘎哩嘎哩地搔得亂糟糟，雷苦惱地開口：

「有女生願意拿我寫的書去看，我好開心……真的好開心……可是這個發展感覺非常不妙啊……」

「那道咒術的目標，搞不好會是，殿下。」

聽到莫妮卡這句小聲的補充，雷更是翻起白眼發出「啊吧吧吧吧」的怪聲。他的心情不難理解。

現在非得分秒必爭回收咒術書，抓到把咒術當成魔咒傳開的犯人不可。

「所以說，就像我在信裡面提到的……請問有沒有咒術，是能夠夢見喜歡的對象的？」

「……不對。」

雷維持低頭的姿勢，把頭緩緩地搖了搖。

一頭紫髮啪沙啪沙地甩動，瀏海隙縫間，可以看到粉紅色的雙眼正閃著燦爛的光芒。

「咒術的本質，在於製造他人的痛苦……那原本是『干涉被施術者夢境的咒術』才對。方法是用自己的頭髮製作簡易咒具，再安插到對方的寢具內。如此一來，施術者就可以干涉夢境，在夢裡騷擾對方……具體而言，就是能跑到對方夢裡講壞話。」

姑且先不論講壞話云云，若按雷的說明，現況似乎有點詭異耶——莫妮卡困惑了起來。

（原本的咒術是用自己的頭髮，去干涉對方夢境……可是現在流行的魔咒，用的是心上人的頭髮，安插咒具的地方也變成自己的寢具……）

這樣豈不像是，施術者在對自己下咒一樣嗎。

讓這種魔咒流行的人，到底有什麼目的？

莫妮卡苦惱地低吟，這時，雷又小聲開口嘀咕。

「也罷，製作簡易咒具必須有能夠賦予魔力的紙張，想賦予魔力也必須經過修行才辦得到，光只是讀過咒術書，應該是沒辦法使用咒術才對……」

「咦。」

雷的這番話，觸動了莫妮卡的記憶。

（難道說……）

如果莫妮卡這段假設正確，一切就全串在一起了。

這起事件的犯人，恐怕就如同雷所猜測的，本身無法施展什麼咒術。

然而，問題的關鍵並不在於那個人物能不能使用咒術。

無論是何種形式，犯人都已經讓王族被牽涉進使用咒術的儀式了──一旦這點被證明屬實，施術者便將成為處刑對象。

（要怎麼做，才能盡量大事化小，暗中解決這個問題呢……）

＊　＊　＊

「原來如此……有這樣的內情啊。」

返回女生宿舍的莫妮卡，在伊莎貝爾房間一起整合得到的情報。

收藏在海姆茲．納里亞圖書館的咒術書，混進了賽蓮蒂亞學園的一般書架。

那本咒術書記載的「干涉對方夢境的咒術」，不知為何被當成「可以夢見心上人的魔咒」傳開。

聽莫妮卡簡要陳述大綱之後，伊莎貝爾將扇子舉到嘴邊，闔上雙眼沉思起來。

莫妮卡啜了一口艾卡莎端上的紅茶，道出自己的想法。

「這起事件的犯人，我認為是毀損魔導書書頁的溫妲．威爾莫特小姐。」

那道咒術必須用能賦予魔力的紙張製作咒具，雷是這麼說的。

能賦予魔力的紙張是非常貴重的物品，製作魔導書時也會使用。就算是貴族家的大小姐，也無法輕易就弄到手。

所以，溫妲才設法調度了這種紙張──從圖書室裡的魔導書上。

「那個人，八成想把咒術以對自己有利的方式應用吧，我是這麼猜測。」
原本是以自己的頭髮製作簡易咒具，再安插到對方寢具內，藉以干涉對方夢境的咒術。然而菲利克斯身為王族，想在他的寢具動手腳難如登天。
既然如此，就放棄主動干涉對方夢境的做法，改讓菲利克斯干涉自己的夢就行了——溫妲恐怕是這麼想吧？
就這樣，溫妲把咒術用對自己有利的方式解讀，使用撕下的魔導書書頁，實行了扭曲過後的許願魔咒。
「我唯一想不通的，是溫妲·威爾莫特小姐為什麼，要把這項咒術當成魔咒傳開呢。按這個推測，保密應該會讓她比較好辦事的說……」
見莫妮卡雙手抱胸，百思不得其解，伊莎貝爾帶著靜靜的語調開了口：
「姊姊妳應該，是希望把這件事大事化小對吧？」
目不轉睛朝莫妮卡直視的伊莎貝爾，臉上的表情完全就是英姿凜然的伯爵家千金。
在莫妮卡面前心花怒放的少女，以及高風亮節的柯貝可伯爵千金，兩種面相都是不折不扣的伊莎貝爾。
抱著有點自嘆不如的心情，莫妮卡小小地點了頭。
「是、是的。」
「既然如此，這件事是不是……可以交由我來善後呢？」

＊　＊　＊

看到那張茶會邀請函時，刺繡社社長塞西莉．斯坦雷簡直不敢相信自己的眼睛。

東道主是東方大貴族柯貝可伯爵千金——伊莎貝爾．諾頓。

伊莎貝爾比塞西莉小兩歲，但論家世是柯貝可家壓倒性高出許多。

想和伊莎貝爾打好關係——抱著這種想法的人無論男女都絡繹不絕。塞西莉也不例外。

要是能跟柯貝可伯爵千金交好，父親肯定也會非常開心吧。

（啊啊～有努力經營刺繡社，讓練習會熱絡起來，真是太好了……）

刺繡社定期舉辦的練習會，是貴族千金們的社交場之一。

作為主辦人，自己必須以社長的身分時時刻刻察言觀色，提供與會者有興趣的話題。

託魔咒話題的福，練習會近來盛況空前，原本不怎麼露臉的千金們，出席的頻率也上升了。

想必就是這方面手腕獲得好評，伊莎貝爾才會邀請自己參加茶會吧。

「打攪了。」

輕輕敲響茶室的個人房大門，諾頓家僕役隨即開門為塞西莉帶路。

伊莎貝爾已經坐在座位上。今天舉行的是名額僅限兩人的小型茶會。

塞西莉露出親切的笑容，向伊莎貝爾行禮。

「本日有幸榮獲邀請，實在是萬分感激。伊莎貝爾大人。」

「快別這麼說，百忙中承蒙妳撥空賞光，我才應該道謝呢。快請坐。」

塞西莉迅速掃視觀察了茶桌上的花與茶器。花瓶是透明玻璃製的，雖有纖細的雕工，茶器則是施有金彩裝飾的一級品。花朵更不得了，是碩大的橙色薔薇。

秋冬開花的薔薇大多尺寸含蓄。因此，能在這個季節擺出大朵的薔薇，正是她家境優渥的象徵。

（果然，真不愧是東方大貴族千金……！）

面對感動不已的塞西莉，伊莎貝爾笑容可掬地開了口。

「我啊，對刺繡社近來正流行的魔咒很感興趣。若是塞西莉大人，想必已經對此有所耳聞了吧？」

「是呀，誰教伊莎貝爾大人在上次練習會，那麼熱心地詢問了許多與魔咒相關的話題呢。呵呵，不曉得是哪位幸運兒，讓妳想在夢裡與他相會？」

「哎呀～塞西莉大人也真是的。只要是王國淑女，論誰都憧憬的對象，不就只有那位大人嗎？」

只見伊莎貝爾可愛的五官上，浮現了有點鬧彆扭的小女孩神情。簡直就像是妹妹在撒嬌一般，可愛無比。

將扇子添到嘴邊，塞西莉輕輕微笑起來。

「那位大人……說得也是。大家都對菲利克斯殿下如痴如醉呢。」

「溫妲・威爾莫特大人也是嗎？」

剎那間，原本雀躍不已的內心彷彿被硬生生潑了桶冷水。

塞西莉使勁握緊手上的扇子，試圖掩飾內心的動搖。

與塞西莉互為表姊妹的溫妲，對菲利克斯抱有愛慕之心，是眾所皆知的事實。沒什麼好驚慌的。

「是呀，妳說得沒錯。溫妲她一直心儀著菲利克斯殿下……」

「所以，妳才教了她那道魔咒嗎？」

一股渾身血液倒灌的感覺瞬間侵襲塞西莉。

伊莎貝爾正以扇子遮口，雙眼冰冷地望著自己。方才的天真無邪少女，已經從那張可愛的臉蛋上消失無蹤。

塞西莉反射性地回答。

「那道魔咒是誰起頭的，我也一無所知呀。」

啊啊～嗓音中沒有透露出動搖吧？臉上的笑容應該還算自然吧？

內心愈來愈焦躁的塞西莉，馬上遭到伊莎貝爾揮來下一記斬擊。

「──《第一次的魔咒》。作者，雷‧歐布萊特。」

為什麼她會知道那本書的書名呀。

背脊完全凍僵了。想要嚥口口水，口中卻乾燥不已，連這點小事都難以如願。

以發抖的手舉起茶杯，用紅茶潤喉的同時，伊莎貝爾又繼續接了話。

「溫妲‧威爾莫特大人，似乎沒什麼閱讀的習慣……相對的，妳平時就熱愛讀書，沒錯吧？」

正如伊莎貝爾所言，塞西莉平時就熱愛閱讀。

身為主辦人，塞西莉必須在刺繡社練習會上提供各式各樣的話題。

所以時下流行的事物塞西莉一項也沒放過。服裝也好、髮型也好、小說也好歌劇也好，當然……許願魔咒也不例外。

然後，就這麼邂逅了那本書。

當時馬上就發現了，那本書不是在介紹什麼許願魔咒，是貨真價實的咒術書。

明知如此，塞西莉還是出於興趣繼續深入閱讀，並浮現一則想法──這個咒術應該可以充作魔咒運用吧。

就這樣，以「干涉他人夢境的咒術」為基礎，編造了「能夢見心上人的魔咒」，說是從圖書館的書上看來的，偷偷教給了溫妲。

『這個魔咒，一定能讓妳在夢中和殿下相會喔。』

隨著這句話，把畫有記號的許願紙塞進了溫妲手裡。

可以對天發誓，當時真的一丁點兒都沒想過，要用這個魔咒帶起話題什麼的。

純粹就只是抱著鼓勵的心情，想替為情所苦的溫妲打打氣。

到了隔天，溫妲歡欣鼓舞地給了塞西莉一個擁抱。

『塞西莉！塞西莉！聽我說，妳聽我說！那道魔咒好厲害！真的生效了！殿下在夢中和我共舞了！』

溫妲之所以夢見了自己想要的夢境，恐怕只是日有所思，又或是巧合所致吧。

然而，溫妲卻因此對那道魔咒深信不疑，興高采烈地向朋友們大肆宣傳。結果謠言沒幾下便傳開，甚至形成一股小風潮。

拜此之賜，刺繡社練習會熱鬧了起來，塞西莉也開心不已。

事態是到了幾天前，才急轉直下。

溫妲一臉憂鬱地告訴塞西莉：

『魔咒開始不生效了。為什麼……』

魔咒什麼的，只是心理作用啊。

這麼簡單的道理，溫妲自己明明也清楚，但卻因一度在夢中獲得幸福，而變得無法自拔。

溫妲與塞西莉是同房室友。

溫妲擅自翻找塞西莉的私物，找到了那本書。

低頭不語的塞西莉，耳裡忽然竄進伊莎貝爾冰冷的嗓音。

「溫妲大人她，為了提升魔咒的效果，開始尋求專用的紙張對嗎?為此，似乎還趁上週的慈善義賣拚命尋找賣紙的店……可是能賦予魔力的紙，並不是隨隨便便就買得到的。」

上週舉辦慈善義賣時，溫妲說她找遍了各式各樣的店，想買能賦予魔力的紙，偏偏一張難求，為此哀嘆不已。

「所以，她才撕破圖書室的魔導書，想拿書頁代用對吧?」

「為什麼……妳會，連這種事情都……」

眼前這位少女，到底對內情了解到什麼程度啊。

聽到塞西莉用發抖的嗓音提問，伊莎貝爾嗤嗤地抖起喉嚨笑了起來。

伊莎貝爾把扇子微微向下擺。現形的雙唇正冰冷地上揚。

「哎呀。這點小意思，只要有稍稍打聽過風聲，自然就會明白了呀……妳該不會是醉心於提供情報，卻對情報的分析變得生疏了吧?」

塞西莉是個熱衷於收集情報的愛書人士，溫妲則不喜歡看書。

溫妲對菲利克斯相當死心塌地。

塞西莉與溫妲是感情要好的表姊妹，塞西莉一直為了溫妲的戀情打氣。

溫妲在義賣會場四處尋找有沒有能賦予魔力的特殊紙張。

伊莎貝爾一定是，把這些微不足道的小情報一項一項抽絲剝繭，統整組合，最後導出了真相吧。

（多麼令人生畏……）

暖爐明明燒得正旺，塞西莉卻感覺渾身發冷。

握緊不停打冷顫的手掌，塞西莉忍不住低下頭去。

這時，伊莎貝爾露出了憐憫的眼神。

「〈深淵咒術師〉大人所寫的那本書，其實是咒術書對嗎？」

「那，是……」

反射性想撒謊掩飾。可是，不管怎樣的說詞，只要查過那本書都會立刻穿幫。

伊莎貝爾以冰冷的語調，告訴含糊其辭的塞西莉。

「倘若如此，就等於是溫妲大人向王族下咒了呢。」

塞西莉的嗓音立刻慌張起來。

「請等等！溫妲她……那孩子她什麼都不知道！她只是相信這是單純的魔咒啊！」

這是假的。溫妲已經偷看過塞西莉的書了。她明知自己以為是魔咒的東西其實是咒術，仍執意想追求咒術的更進一步效果。

即使如此，塞西莉也不希望讓溫妲成為罪人。兩人不但是表姊妹，更是要好的朋友。

毀損魔導書的書頁頂多就是被嚴重警告，可一旦事情升級到對王族下咒，就不是區區退學能夠了事的了。

好一點就是終生幽禁，最糟的狀況下會被處刑。

「那孩子只是被我騙了！她沒有任何罪過……！」

在陷入恐慌的塞西莉面前，伊莎貝爾收起扇子，一反方才冰冷的表情，露出溫柔又和善的笑容。

「是呀，當然。這件事就藏到我的內心深處吧。畢竟我也一樣，不希望打亂和平的校園生活呀。」

在揭穿塞西莉隱瞞的真相之後，伊莎貝爾伸出了援手。

「關於那本書，不如就向圖書委員這麼說明吧。『書我借是借了，卻都沒有好好看過。直到還書日將近，我急忙打算看完，才發現竟然是咒術書』——這樣一來，相信圖書委員就不會存疑了。剩下就只需要由妳向溫妲大人下封口令即可。」

被逼進絕境的塞西莉，陷入彷彿沒有其他選擇的思考模式中，緊緊抓住了伸在眼前的這隻援手。

——得救了。我跟溫妲，都有救了。

把自己逼入絕境的伊莎貝爾，看在塞西莉眼裡，竟然就像個救世主。

伊莎貝爾拿起紅茶杯，臉上浮現平穩的微笑。塞西莉甚至在那道笑容裡，感受到救世主的慈悲。

伊莎貝爾．諾頓是個比塞西莉還小兩歲的少女。然而，她作為千金小姐的格調實在太過出類拔萃。

「對了對了，關於那道魔咒，我想再過段時間就會退流行了……但可能的話，用新的流行去取代，我覺得會比較好。」

「新的，流行……？」

有辦法那麼湊巧地準備好那種東西嗎？塞西莉正如此困惑，伊莎貝爾就擺出了今天最極致可愛的笑容開口。

「其實啊，我有個希望能掀起流行的東西呢。」

＊　＊　＊

自伊莎貝爾詰問塞西莉那天之後，已經過了一個星期，學生會室周邊冷清了許多。

那道魔咒雖然尚未完全為眾人所遺忘，卻已不再有人成天跑到菲利克斯身邊糾纏不休，想要撿頭髮回去了。

刺繡社社長塞西莉．斯坦雷表示她發現自己借出的是咒術書，退還給了圖書室。

被雷換掉封皮的咒術書就這麼送回了歐布萊特家，聽說雷被前代〈深淵咒術師〉私下教訓了一頓。

（伊莎貝爾大人，好厲害。）

朝學生會室移動中的莫妮卡，回想著那天伊莎貝爾與塞西莉的對談。

那天，莫妮卡躲在茶室的窗簾後，完整聽到了兩人對話時的一字一句。

伊莎貝爾讓塞西莉自白的亮麗手法，實在堪稱一絕。

『這種時候最好就是適度隱瞞情報，讓對方誤以為我們已經得知一切，借此動搖對方內心，這就是竅門所在。』

伊莎貝爾是這麼說明的。

還說什麼待更進一步向對手施壓，把人逼進絕路之後再伸出援手，這才是反派千金的必備技巧之類的。

看來想成為能獨當一面的反派千金，必須具備極其高端的情報收集能力與交涉能力。這對莫妮卡而言，是無法理解的深奧世界。

只不過，如此能幹的伊莎貝爾，也唯有一道算盤沒能打得如意。

那就是，伊莎貝爾想掀起流行的東西。

『拯救了我柯貝可領地的偉大七賢人──〈沉默魔女〉大人的豐功偉業已經彙整為一本書，出版上市了！我無論如何，都希望這本書能掀起熱潮……！』

躲在窗簾後，靜靜傾聽伊莎貝爾與塞西莉交談的莫妮卡，差點當場口吐白沫倒地不起。

從來沒聽說有這種書要上市的消息。

按伊莎貝爾所言，是柯貝可領地的居民，對趕跑黑龍的〈沉默魔女〉心懷感激，抱著好意出版還怎樣的。可以的話，實在希望那位居民能事先通知當事人一聲。

就莫妮卡來說，不幸中的大幸是儘管塞西莉與伊莎貝爾使盡渾身解數，這本書還是沒能流行起來。取而代之的，這陣子蔚為風潮的是蕾絲刺繡。好像說不知哪來的貴族在結婚典禮上穿了一身施有豪華蕾絲刺繡的禮服，讓這個潮流加速引爆的樣子。

近來刺繡社的練習會上，結婚禮服與蕾絲刺繡的話題似乎總是絡繹不絕。

伊莎貝爾很悔恨地表示「明明是個讓世人明白姊姊魅力的大好機會……太遺憾了」，不過莫妮卡倒是由衷鬆了口氣。

（以我為主角的書沒有流行真是太好了……真的真的太好了……）

隨著這種想法馳騁腦海，莫妮卡打開了學生會室的大門。

今天學生會幹部沒有要開會，但有些文件必須交給菲利克斯。

學生會室裡不見其他幹部人影，只有菲利克斯獨自在看書。待發現莫妮卡進房，他才抬起頭來。

這是錯覺嗎？總覺得他望向莫妮卡的碧綠眼眸，好像有一瞬間閃閃發光。

「呃──殿下，慈善義賣的收支報告，已經做好了……」

莫妮卡戰戰兢兢地開口，便見菲利克斯默默朝自己招手。他的雙眼果然熠熠生輝。

拿著文件一步一步走近之後，菲利克斯舉起正在閱讀的書，把書名展示給莫妮卡看。

「妳快看這個——匯集〈沉默魔女〉豐功偉業的書，在本校圖書室上架了。」
莫妮卡險些翻白眼跌個倒栽蔥。
菲利克斯拿在手上現寶的，正是伊莎貝爾策劃想掀起熱潮，卻以失敗告終的那本書。
只見菲利克斯潔白的臉頰染成薔薇色，如痴如醉地翻著書頁。
「沒想到會有人，把她的偉業整理得這麼鉅細靡遺。妳看，這一頁……把〈沉默魔女〉在米妮瓦時代的功績，配合現代魔術史羅列得如此詳盡。從這本書裡，可以強烈感受到作者對她的愛與尊敬。啊啊～好開心。竟然有懷抱這般熱情的人，想要向世間傳達她的魅力……」
雖然從莫妮卡喉嚨裡已經傳出「啊啾……噫噎～……」這種有如瀕死青蛙的哀嚎聲，菲利克斯還是沒有停止讚揚。
此時此刻，確實正受到一個滿懷熱情的人歌頌魅力的〈沉默魔女〉，暗中壓住了隱隱作痛的胃。
（能讓人開心是好事對吧……雖然是好事沒錯，可是啊啊啊啊……啊、啊，胃開始翻騰了……）
「莫妮卡，妳等下有空嗎？如果方便的話，我想跟妳一起喝茶，聊聊這本書有多棒。」
「真、真的很抱歉，我等等，還跟人，有約……」
這不是假的。今天已經約了兩場茶會。第一場是拉娜。接著是伊莎貝爾。
菲利克斯垂下眉尾，露出發自內心遺憾的表情。
「這樣嗎，太可惜了……」
莫妮卡匆忙交上文件，隨著一聲「我先告辭了」，便鞠躬準備離去。
望著朝走廊離去的莫妮卡，菲利克斯送上了意味深長的微笑。
「嗯，祝妳有美好的一天。」

「……？」

明明都已經放學了，好莫名的招呼喔～歪頭不解的莫妮卡關上大門，開始朝茶室移動。

＊＊＊

拉娜指定的茶室不在大房間，而是個人房。

鋪有白色桌巾的圓桌上，整齊地擺了蛋糕用的碟子與紅茶。

擺在桌面中央的蛋糕不但奢華地塗滿奶油，還盛了大量的莓果。總覺得這場茶會似乎準備得比往常更加用心。

「今天的點心，好豪華喔……是有另外要特別，招待哪位貴賓嗎？」

聽莫妮卡這麼問，拉娜傻眼地嘟起了嘴唇。

「妳這個今天的主角，說這什麼話啦。」

「……………咦？」

平時總讓僕役準備紅茶的拉娜，今天罕見地自己端起紅茶壺，往莫妮卡的杯裡斟茶。

「今天不是妳的生日嗎？」

啊——莫妮卡小小喚了一聲。

拉娜說得沒錯，今天——冬招月（雪露古利亞）首週一日是莫妮卡的生日。

印象中好像在哪次聊天時把生日日期告訴了拉娜，但沒想到她竟然記得——莫妮卡很是驚訝。

「在我家，慶生照例就是要吃莓果蛋糕呢。」

拉娜熟練地把蛋糕切塊，再慎重盛到碟子上。

好——拉娜滿意地咕噥，把盛得比較漂亮的碟子擺到了莫妮卡面前。

「來，趕快開動吧。」

「非、非常謝謝妳。我開動了。」

對莫妮卡來說，生日是要和家人一起慶祝的日子。

上一次慶生，已經是進米妮瓦就讀之前，讓養母希爾達・艾瓦雷特幫自己慶祝時的事了。

養母在那時，烤出半邊過生、半邊焦黑這種奇蹟般的蛋糕，然後把過生與焦黑交界處的，絕無僅有的可食用部分挖出來，盛到了莫妮卡的碟子上。

努力盛給自己的，最漂亮的蛋糕。那是莫妮卡心中，既溫柔又幸福的回憶。

懷念著這樣的往昔，莫妮卡挖了一大口盛給自己的漂亮蛋糕，送進嘴裡。

散發濃郁奶油香，濕潤順口的豪華蛋糕片，以及在口中融化的鮮奶油，加上酸甜的莓果——是幸福的味道。

莫妮卡笑開了臉頰，拉娜見狀，心滿意足地用鼻子哼了一聲，吃下留給自己，不小心盛歪了的蛋糕。

這時，莫妮卡無意間發現，有個類似手帕的東西卡在拉娜的口袋外，感覺隨時會掉出來。

「拉娜，那個，感覺會掉出來……」

莫妮卡吞下蛋糕，開口提醒一聲，拉娜卻不知為何忽然滿臉通紅地按住口袋。

然後就好像在糾結什麼似的，視線徬徨了一會兒，才慢慢動起嘴巴。

「我想說，這個拿來收梳子剛剛好……可是，技術又不是真的那麼……」

「……？」

拉娜支支吾吾地，抽出了原本卡在口袋的東西。

那是沒特別染色，造型樸素的束口袋。角落繡了小小的花朵圖案。是紫堇花刺繡。

束口袋的質料，莫妮卡有印象。

刺繡社練習會上，拉娜在刺繡的布，就跟這是同一種質料。

「如果是這樣的禮物，那個……想說妳就不用擔心太貴或怎樣的……」

平時不到刺繡社練習會露臉的拉娜，罕見地出席的理由——本以為，是拉娜對魔咒感興趣，但莫妮卡錯了。

那時候的拉娜，死命想藏起繡框不讓莫妮卡看到。肯定是，為了給莫妮卡一個驚喜。

拉娜是富豪家千金。只要有那個意思，想準備多豪華的禮品都是小事一樁。

可是拉娜沒這麼做。拉娜的理由，以及拉娜那雖然笨拙，卻如此為莫妮卡著想的心情，令莫妮卡的心臟不停怦通作響。

（怎麼辦……）

過於強烈的喜悅，讓臉頰感覺滾燙無比。

「妳、妳如果不想要，也沒……」

就好像要打斷拉娜的發言，莫妮卡伸出顫抖的手，揪住了拉娜的袖口。

「……我想要。」

罕見地明白表達自己的主張，見到這樣的莫妮卡，拉娜嘴角一抖一抖地，遞出了束口袋。

「請吧。」

「謝、謝謝妳！」

拉娜雖然說自己技術不是真的那麼好，但紫菫花繡得既細心又精緻，可愛得沒話說。

「拉娜呢……拉娜是什麼時候，生日？」

「冬中月（奧爾提利亞）的第四週四日。」

舉起茶杯啜了一口，拉娜側眼瞥向莫妮卡。

「到時候，莫妮卡可要記得幫我沖咖啡喔。」

「……嗯！」

拉娜的生日是寒假結束後。那時候的話，莫妮卡「還能」留在校園裡。還可以幫拉娜慶生。

到時先準備一些適合配咖啡吃的點心吧——莫妮卡滿懷幸福地心想。

* * *

與拉娜的茶會結束後，伊莎貝爾也在茶會上幫莫妮卡慶祝了生日。

『其實很想舉辦一場熱熱鬧鬧的宴會，但現狀實在不允許……所以說，雖然只是聊表心意，但請讓我幫姊姊祝賀一下。』

說著說著，伊莎貝爾送了莫妮卡一支全新的羽毛筆。

把束口袋與羽毛筆抱在胸前，莫妮卡踏著輕快的步伐返回閣樓間。

等回到房間裡，就趕快換上新的羽毛筆，把跟拉娜一起買的梳子收進束口袋吧。

思索著這種事打開置物間的門時，發現通往閣樓間的梯子前，擺著一只小小的籃子。

「……？」

籃子裡裝著滿滿的烘焙點心，上頭還添了一張卡片。

那張燙有金邊，點綴了大量星星的漂亮卡片上，寫著這麼一段話。

『向我親愛的不良拍檔，致上感謝之意。望妳今天能在誕生的這個日子，擁有美好的一天。』

文中的感謝，應該是指不久前幫忙執行偷看書大作戰的事吧。

仔細一看，那些烘焙點心有點眼熟。

在沙布列餅乾上用蜜糖固定堅果的這種點心，是莫妮卡剛來到這所學校時，他第一次送給莫妮卡的點心。

呼嘿一聲，莫妮卡像在呼氣般笑了出來，提起籃子爬上樓梯。

紫菫花刺繡的束口袋、全新的羽毛筆、滿是星星的賀卡。

抽屜裡的寶物，又要增加了。

✦ 幕間　反派家族的華麗會議

仰頭望見的青空，遭到了成群翼龍淹沒，讓伊莎貝爾全身都陷在陰影內。

即使在龍害頻繁的柯貝可，也極為少見的成群翼龍襲擊。即使如此，伊莎貝爾心中亦不見任何恐懼或絕望。

因為，全世界絕無僅有的無詠唱魔術專家——〈沉默魔女〉就在伊莎貝爾的面前。

〈沉默魔女〉舉手把法杖一揮。輝煌門扉隨即於上空開啟，一把把的風之刺槍接連現形，將翼龍應聲擊落。

被一擊貫穿眉心的翼龍亡骸，輕飄飄地避開地面的人群與建築物，如樹葉般飄降在空曠的場所層層疊高。

不單是討伐翼龍，還能細心善後，避免引發二次災害的魔術師，世上究竟有幾人呢。

伊莎貝爾渾身顫抖不已，感慨萬千地開口。

「這根本……這根本，就太帥氣了呀～！」

……就在這個地方，夢境結束了。

在宅邸內自室醒來的伊莎貝爾，從床鋪上起身，呼～地嘆了口氣。

沃崗的黑龍及黑龍手下的成群翼龍來襲，已經是兩個月前的事，可那天感受到的怦然心動，直至今日都還在伊莎貝爾的胸口翻騰。

伊莎貝爾雙手添上臉頰，好似要使勁承受這難以負荷的喜悅一般，發出哼哼哼的細微笑聲。

馬上就可以，和那位憧憬已久的〈沉默魔女〉碰面了。

「啊啊～等待為何如此難熬啊～」

伊莎貝爾抱緊枕頭，雙腳使勁擺動不停。

「伊莎貝爾姊，妳心情不錯嘛。」

吃早餐時，弟弟亨利望著伊莎貝爾的表情說道。

伊莎貝爾喝了一口紅茶，露出微笑回應。

「哼哼，因為我今早做了很棒的美夢。」

「〈沉默魔女〉大人拯救我們柯貝可的夢嗎？」

亨利之所以能這麼鐵口直斷，是因為這兩個月來，伊莎貝爾做的好夢，全都是跟〈沉默魔女〉有關的。

待伊莎貝爾點頭答道「正是如此」，亨利那雙顏色與伊莎貝爾相近的眼睛便閃閃發亮了起來。

「好羨慕喔～……！我也真想助〈沉默魔女〉一臂之力。嗚嗚……要是再早個一年出生，我就能編進國中部了說……」

等到今年秋天，〈沉默魔女〉就要插班轉進賽蓮蒂亞學園，執行護衛第二王子的任務。

伊莎貝爾已經收到〈結界魔術師〉的委託，到時候要去擔任協助者。

〈結界魔術師〉在直接上門找父親委託時——

『關於〈沉默魔女〉閣下，就麻煩你們隨便欺負她幾下。這樣比較不容易穿幫。』

是這麼說的。

這言下之意，就是要伊莎貝爾扮演欺負〈沉默魔女〉的反派，好擔任她的煙霧彈，肯定不會錯——

諾頓家在舉行家族會議之末，得出了如此結論。

所以為了能扮演一個入流的反派千金，伊莎貝爾日日夜夜努力鑽研反派千金該有怎樣的風範。

「等伊莎貝爾順利完成任務，就招待〈沉默魔女〉大人到我們家作客吧。」

伊莎貝爾的母親，帶著優雅的微笑提議。

父親柯貝可伯爵也點頭，表示「真是個好主意」，並撫著鬍鬚接話。

「話說回來，與〈結界魔術師〉閣下一起擬好的設定中，〈沉默魔女〉大人被我母親收養……」

〈沉默魔女〉莫妮卡·艾瓦雷特是被前任柯貝可伯爵夫人收養的女孩——到時要用這樣的設定潛入賽蓮蒂亞學園。

換言之，身分上等同是柯貝可伯爵的義妹。

一臉嚴肅地環視家族一圈，柯貝可伯爵開口發問。

「在招待〈沉默魔女〉大人來家裡作客之際，我是否該在迎接時問候『吾妹啊，歡迎』？」

柯貝可伯爵這項提議，遭到了全家大小不約而同的噓聲。

「我反對！確實，〈沉默魔女〉大人在設定上等於是我的姑姑，但在非公開的場合……可以的話，我想喊她為姊姊呀！」

「我也是！我也想喊她姊姊！」

「親愛的。要是突然多出一個你這樣的哥哥，〈沉默魔女〉大人肯定會不知所措的。」

豈止兩個兒女，就連妻子都駁回自己的提議，柯貝可伯爵深深點頭，操著有如要宣布重大決定事項的語調，沉沉地回應。

「唔姆，說得對。好，這個問候就封印掉吧。接著是下個議題。關於『哼、哼、哼……』跟『呵、呵、呵……』哪種才是適合邪惡伯爵使用的笑聲……」

終章

沉默魔女的小小解謎

The Silent Witch's

little mystery

在冬季某個溫暖的晴朗假日，賽蓮蒂亞學園魔法戰社常用的練習場內，一場魔法戰決鬥正在進行。

場上對峙的，是學生會副會長希利爾．艾仕利，以及魔法戰社社長白龍．加勒特。

明明正值假日，卻有為數可觀的學生，到場觀摩兩人的決鬥。

在娛樂活動有限，校風封閉的校園內，魔法戰決鬥算是一齣難得的好戲。

以菲利克斯為首的學生會幹部們，也都跑來為希利爾加油。

「希利爾大人，請、請加油，奮戰！」

「副會長——！上啊——！」

在莫妮卡身旁操著大嗓門搖旗吶喊的是古蓮。明明就不是學生會幹部，卻大剌剌地坐在準備給學生會幹部用的最前排位子，充當希利爾的啦啦隊。

古蓮一旁的尼爾，則是在負責記錄魔法戰的過程，身上還被克勞蒂亞依偎著。

克勞蒂亞似乎沒有想為兄長打氣的意思，視線片刻都沒從尼爾身上移開過。

自從決鬥開打，已經大約經過了五分鐘。雙方起初都先以威力較低的魔術彼此牽制，試圖引出對方的破綻。

但如果戰局拉長，魔力回復速度快的希利爾就會比較占優勢。

白龍想必也明白這點吧。就在與希利爾稍微拉開距離的瞬間，他一舉發動了攻勢。

只見白龍用遠端魔術生成火焰箭，打算向希利爾發起奇襲。

然而，由於詠唱長度較長，希利爾察覺到遠端術式的存在，並以冰牆擋下了白龍生成的火焰箭。

「兩邊勢均力敵呢。」

菲利克斯的低語傳入了耳裡。莫妮卡也持同樣看法。

白龍的魔術有著顯著的成長，想必是祕密訓練的功勞吧。

維持著方才的距離，白龍這次展開了稍微久一點的詠唱。三顆大火球同時襲向希利爾。

火球乍見之下很有威脅性，但威力其實普普——這點被莫妮卡看穿了。

（火球只是幌子，真正的殺手鐧恐怕是……）

現場爆出響亮的轟炸聲，大量火粉飛濺。可是，周邊的林木並沒有被火粉引燃。因為這場決鬥有展開魔法戰專用的結界保護。

就在火球與冰牆碎片隨著燦爛光芒四散的同時，一支火焰箭硬生生命中了希利爾的左肩。

沒能擋下這支以短縮詠唱生成的火焰箭，希利爾發出苦悶呻吟，癱在一旁的樹木上。

眼見希利爾陷入危機，古蓮扯開喉嚨慘叫：「副會長——！」

震耳欲聾的高分貝音量，令克勞蒂亞一臉不悅地塞住了耳朵。明明自己的兄長正處在險境，何等無情的妹妹。

希利爾表情雖然痛苦地扭曲，仍不忘發起反擊。

以白龍為中心，一根根的冰柱從地面依序出現，有如在畫圓圈似地包圍白龍。

（那些冰柱，每根每根都是用來輔助多重強化術式的——也就是說，這種攻擊模式，應該是要在冰柱中心發動經過雙重強化的攻擊魔術。）

一如莫妮卡的預測，冰柱中心——白龍的腳邊立即浮現魔法陣，開始捲起強力的冷氣。

雙腳被凍在地面上的白龍驚慌歸驚慌，也同時展開詠唱試圖防禦冷氣。可是魔術沒有成功發動。原來是魔力已經耗盡了。

「好，到此為止嘍，你們倆。這場是艾仕利同學贏了。」

聽到擔任裁判的瑪克雷崗如此宣判，白龍悔恨地跪了下來。

＊＊＊

決鬥結束後，菲利克斯帶著滿面的笑容，慰勞來到結界外的希利爾。

「這場魔法戰打得真漂亮。」

這麼一句話，便令希利爾好似由衷感到喜悅一般，燦爛地笑了起來。

「承蒙誇獎，實在不勝感激，殿下。」

另一方面，落敗的白龍則是踩著踉蹌的腳步，搖搖晃晃地準備離去。

這時，一位女同學追上了他的身後。那是莫妮卡也認識的人。

（那個人是……）

實在有點掛心，莫妮卡決定跟去觀察。

沒多久便發現了兩人的身影。

在連接森林與宿舍的通道上，白龍就站在那位女同學面前，向她低頭賠罪。

「實在太丟人現眼了。害妳這個未婚妻也一起跟著沒面子，實在很抱歉。」

「我……」

「不，沒關係。請妳別說了。在畢業之前，我絕對會贏過艾仕利讓妳瞧瞧。」

留下這句話，白龍便快步朝宿舍離去。

被留下的女同學一度朝那道離去的背影伸手，結果卻默默放了下來。

還在煩惱著是否該開口。但連煩惱的餘地都沒有，腳邊就發出了一聲啪嘰清響。是莫妮卡的鞋子踩斷了小樹枝。

這記響聲，讓女同學——刺繡社副社長席拉．阿什伯頓發現了莫妮卡。

在刺繡社練習會上百般關照莫妮卡，戴著眼鏡的親切黑髮千金，望向莫妮卡時露出了欲言又止的表情。

莫妮卡忸忸怩怩地搓著指頭，出聲問向席拉。

「兩位訂有，婚約嗎？」

「是呀……唉，雖然是彼此父母擅自決定的。」

席拉私毫沒有責怪莫妮卡的偷窺行徑，口吻平淡地回答。

莫妮卡決定豁出去，把一直放在心上的事情問個清楚。要是錯過這個機會，感覺就沒有下次了。

「加勒特大人的手帕上，那個鈴蘭花刺繡……是席拉大人繡的嗎？」

「妳有在哪兒看到過嗎？……唉，就那個。男性收到這種禮物也不會開心吧。」

淡白的語調中，夾雜了些許的自嘲。

莫妮卡立刻大聲回應。

「加勒特大人說，這條手帕對他很重要！」

雖然幅度不大，但席拉眼鏡下的雙眼稍稍睜大了些。那是比起喜悅，訝異更勝一籌的表情。

莫妮卡重新憶起白龍拿在手上的手帕。

精緻美麗的鈴蘭花刺繡，以及翻面後顯眼的藍色繡線。

用藍色墨水寫情書就能讓戀情開花結果——仿照這則許願魔咒而留下的，隱藏式訊息。

「加勒特大人他，好像沒有注意到藍色繡線的事……嗯，這樣子好嗎？」

「反倒是有注意到的妳比較厲害呢，諾頓小姐。妳簡直像是……就那個。跟偵探沒兩樣。」

席拉說著說著，露出了苦笑。

苦笑中的雙眼，惆悵地望著白龍離去的方向。

「我就是那麼不善言辭，甚至到了讓『就那個』變成口頭禪的地步。每次都這樣，我總是挑不到最合適的辭彙去表達自己的心情。」

文靜的嗓音裡，散發著缺乏自信的感情。

席拉平時總微微散發一股茫然氣息的五官，自卑地扭曲了起來。

「之前，我在刺繡社練習會上被人問起喜歡怎樣的類型。我心儀的，就是總不放棄努力的白龍大人……唉，是呀，當時要是坦率地這麼回答就好了。偏偏，我卻突然覺得難為情……」

席拉握緊在正面交疊的手指，低語接話。

「所以我當時，情急之下是這麼說的：『希利爾．艾仕利大人那樣的類型。』因為無論艾仕利大人還是白龍大人，都同樣有著努力不懈的特質。」

然後，白龍就是聽見了這段談話，才會誤以為席拉喜歡的是希利爾。

（雖然我覺得，由我亂插嘴別人的事情不太妥當，可是……）

下定決心的莫妮卡開了口。

「那個，加勒特大人是希望能讓妳回心轉意，才會執著於決鬥……」

「要我如何能相信，那位大人之所以這麼做，是因為喜歡我呢。肯定是他身為未婚夫，就那個，自尊心受創之類的。」

席拉她，一定是非常缺乏自信。所以，才沒辦法坦率地表達自己的心意。

萬一給人家添麻煩、萬一害人家不愉快——這樣的不安始終糾纏不休，結果千言萬語到了口邊又吞回去，這樣的心情，莫妮卡也非常能夠體會。

「所以妳，才會用藍繡線刺繡？」

「是的，唉，就那個……『我喜歡你』。以我來說，可真是有夠拐彎抹角的呢。或許在我內心某處，覺得即使傳達不了這份心意也無所謂吧。」

真的就這麼不表達清楚沒關係嗎？莫妮卡心想。

雖然對於情愛這種東西，莫妮卡完全一頭霧水，可是想表達心意是多麼困難的事，莫妮卡心裡倒是有數的。

就連只是想說聲謝謝，都需要莫大的勇氣。

正因如此，當自己的好意或感謝確實傳達給對方的時候，那種難以言喻的喜悅，莫妮卡更是有著深切的體會。

（可是，把我個人的想法強加給她，感覺又不太對……）

就在莫妮卡不知該如何回應而語塞時，席拉忽然浮現像是想起了什麼似的表情問道：

「對了，偵探小姐。這裡，方便借用一下妳的智慧嗎？」

席拉從口袋掏出一張卡片。

那是冬招月（雪露古利亞）的賀卡。右上角還打了一個小洞，綁著一條橘色的緞帶。

『祝冬招月（雪露古利亞）愉快。白龍．加勒特』
在簡短平淡的祝賀語句旁，畫有一個圓圓的黃色物體。
以手指朝這個黃色物體示意，席拉開始說明。
「這張是白龍大人送給我的冬招月（雪露古利亞）賀卡，但我解讀不了畫在這兒的黃色記號是什麼涵義。」
迷之記號。看起來的確像某種記號。恐怕是白龍用顏料親筆畫的吧。
（可是，為什麼要特地，自己準備顏料呢？）
莫妮卡試著回想白龍購買賀卡時的情景。
在羅列的眾多賀卡中，白龍看上的花朵圖案。
回想起這個線索的瞬間，所有的真相便全部連貫在一起了。
「這樣啊，所以才要綁上緞帶……」
看到莫妮卡低聲念念有詞，席拉不由得一臉狐疑。
保持著凝視賀卡的視線不動，莫妮卡開口陳述：
「之前，加勒特大人買賀卡的過程，我都看到了。那時候加勒特大人所買的，是上面沒有圖案的純白卡片。」
他雖然看上了薔薇圖案的賀卡，卻沒有動手購買。
因為那時候，賣場裡擺的薔薇賀卡，是紅色、白色與粉紅色——沒有黃色薔薇的賀卡。
「加勒特大人畫的這個，是黃色的薔薇。然後，這條緞帶我猜應該也是他自己綁上去的。」
「為什麼要這麼大費周章……」
「因為這是，花飾。」

校慶時由男同學贈與女同學，在薔薇上綁緞帶做成的花飾。

製作花飾時會挑選與贈送者相近的髮色及瞳孔色，艾利歐特是這麼說的。

「加勒特大人有著偏黃色的金髮與橘紅色眼珠。我想應該是因為這樣，才會在黃色的薔薇上綁橘色緞帶吧。」

說明的同時，莫妮卡還不忘指向研判為黃色薔薇的手繪圖案，以及綁在卡片上的橘色緞帶示意。

只見席拉的雙眼緩緩睜大，靜靜地凝視著，畫在賀卡上的薔薇圖案。

根據莫妮卡的解釋，那種花飾是用來讓贈送者將勇氣分享給收受者的魔咒。

（加勒特大人他，一定是希望，能夠分給席拉大人一點勇氣吧……）

這種想法浮現莫妮卡心頭時，席拉輕聲低語了起來。

「害我開始期待，畢業晚會的共舞了……這下子，非得在那之前清楚表達自己的心意不可呢。」

「……咦？共舞？」

不曉得花飾真正的意義在於預約邀舞的莫妮卡，歪頭不得其解。

席拉則是自顧自地浮現領會一切的神色，帶著含蓄的微笑向莫妮卡低頭致意。

「……就那個。謝謝妳帶給我小小的勇氣，偵探小姐。」

＊＊＊

「我回來了。」

莫妮卡一回到閣樓間，原本在床上看書的尼洛，立刻用貓掌靈巧地夾好書籤，闔上書本。

「喔～歡迎回來。怎樣啊，決鬥的結果。是冷冰冰老兄壓倒性勝利嗎？」
「打得難分難解喔，不過最後是希利爾大人贏了。」
坐到床上的莫妮卡，就像在握手似的，牽起了尼洛的前腳。
猜想是不是要玩什麼新把戲，尼洛搖起了尾巴，不過莫妮卡卻有點靦腆地開口。
「尼洛，一直以來都謝謝你了。」
「是怎麼啦，這麼突然？」
「就有種，想好好這樣表達清楚的感覺。」
放開尼洛的前腳，莫妮卡重新坐到桌前。
尼洛愉快地發出喵哼～的叫聲，在床上抬頭挺胸揚言：
「懂得感謝本大爺是件好事。很好，就趁著這股勁兒，做一首讚揚本大爺的曲子吧。歌名就決定是《最強最帥的尼洛大爺之歌》……嗯？妳在寫什麼？」
「我想說，來寫看看冬招月（雪露古利亞）的賀卡。」
輕聲回答後，莫妮卡開始構思文脈。
（想寫的內容……有好多喔。）
有個女孩把自己喚作姊姊，很仰慕自己的事；交到一個令人驕傲的好朋友的事；有位學長很令人尊敬的事；暗中交了一個不良拍檔的事……當然，現在畢竟有極密任務在身，不能一五一十全寫清楚。
「嗯，不錯……寫好了。」
望著自己撰好的文章，莫妮卡滿足地微笑。
跳到桌上的尼洛目不轉睛地盯著卡片，不一會兒，突然將前腳伸進墨水瓶沾一下，再一把按在賀卡的空白處。

「尼洛？」

「本大爺的肉球印章是個不錯的裝飾吧。」

莫妮卡挑選的，是毫無裝飾的樸素卡片，所以尼洛的足跡要說有點綴的效果……也確實不是完全說不通。

也好，就這樣吧——喃喃自語的莫妮卡，將賀卡裝入了信封。

【祕密章節】

致上沉默魔女的滿懷感謝

With thanks from the Silent Witch

王立魔法研究院的研究員希爾達．艾瓦雷特，正浮現一臉比看到出乎預料的研究結果時更嚴肅的表情，伸手推了推眼鏡。

「究竟是怎麼一回事呀……」

「那是我的台詞。」

宅邸女僕瑪蒂達在希爾達身後沉沉地嘀咕。

希爾達眼前，有天花板那麼高的巨大冰塊，冰塊內部可以看到被冰封的焦黑燙衣架與白衣。

「妳看嘛，熨斗的原理說穿了，不就是靠鐵的重量與高溫令皺褶平整嗎。所以說，只要對具備指向性的平面結界賦予高溫，再用結界去加壓，應該就能在短時間內達到同樣效果了不是嗎，我抱著這種想法實驗，結果……」

「演變成了小火災是吧。」

然後為了滅火，希爾達急忙發動冰系魔術，最後的下場就是這片慘狀。

希爾達仰頭望向瑪蒂達，眼鏡下的雙眼泛起閃閃淚光。

「瑪蒂達，我只是想讓妳輕鬆一點。」

「真的這麼想，就請立刻收拾掉眼前的殘局，買台新的燙衣架給我。」

「……好～」

好了，該怎麼處理這個冰塊好呢。若只是單純溶化，室內百分之百要淹起水災。

這裡唯一的方法，還是只能用火焰魔術，讓冰塊在溶化的同時蒸發吧。希爾達開始計算術式，這時，瑪蒂達突然從圍裙口袋裡掏出了某個物品。

「對了對了，那光景太衝擊，害我差點忘個一乾二淨。莫妮卡大小姐寄了冬招月（雪露古利亞）賀卡回來喔。」

「咦，莫妮卡寄的？在哪裡？給我看給我看！」

希爾達跟莫妮卡都不是什麼勤於動筆的人，所以像這樣信件往來算是久違的經驗。

更遑論是冬招月（雪露古利亞）賀卡，這種家人或情侶互贈的東西——所以希爾達更為緊張。

賀卡上，用令人懷念的字跡，寫著這樣的內容：

『希爾達阿姨，妳過得好嗎？我很好。

這兒每天，都有不得了的事情發生，但也有許多令人開心的事。我會好好加油的。

希望，妳冬招月（雪露古利亞）能夠過得愉快。

莫妮卡』

賀卡上的空白處，不知為何印著一個貓腳印。

反覆讀過三次內容，希爾達將卡片秀到瑪蒂達面前。

「今年的冬至，不曉得會不會回來呢。」

「不如事先準備一些好吃的吧。」

「就喜歡瑪蒂達的體貼，愛死妳了！」

「愛我的話，就請買一台燙衣架給我。」

好～希爾達答得興高采烈。

（除了燙衣架，也順便買個裱框來裱這張卡片吧。）

畢竟，這是養女頭一次寄來的季節賀卡啊。

開心地用鼻子哼著歌，希爾達打開了通往冬日街道的大門。

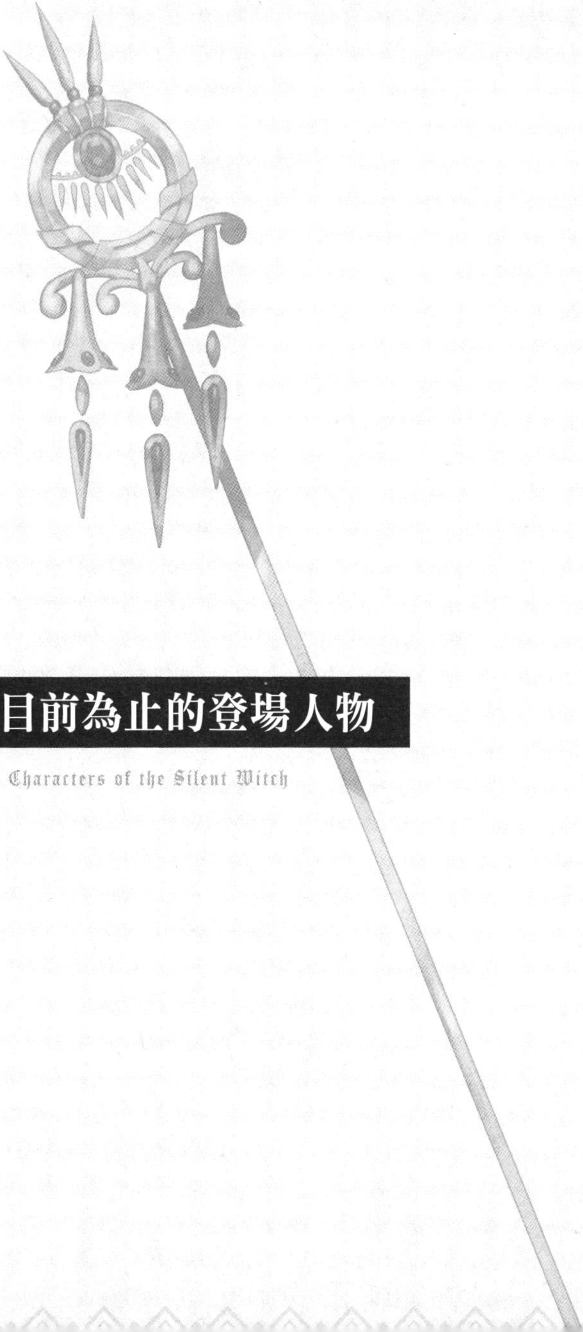

目前為止的登場人物

Characters of the Silent Witch

Characters

Casebook of the Silent Witch

莫妮卡・艾瓦雷特

七賢人之一〈沉默魔女〉。本集終於習得了頂針的用法，以及打結與收尾的針法。以往收線時都只是混水摸魚打死結。

路易斯・米萊

七賢人之一〈結界魔術師〉。學生時代算是有點調皮的窮苦學生。與最愛的妻子是在求學時相識的。

尼洛

莫妮卡的使魔。最近沉迷偵探風潮。由於莫妮卡身邊總是大小事件不斷，期待著哪天一定能碰上密室殺人事件。

琳姿貝兒菲

路易斯的契約精靈。認為女僕就是要偶然得知雇主的祕密，並向偵探提供那個祕密的相關證詞。為了實現這個約定成俗的發展，已做好隨時將路易斯種種惡行惡狀爆料給偵探的準備。

雷・歐布萊特

七賢人之一〈深淵咒術師〉。咒具等用品都是自製的，手非常巧。放假時都在畫圖寫詩。

菲利克斯・亞克・利迪爾

利迪爾王國的第二王子，賽蓮蒂亞學園的學生會長。最近找到了能私下暢談喜好的對象，為此非常開心。

希利爾・艾仕利

海恩侯爵公子（養子）。學生會副會長。喜歡動物，但或許是平時總會釋放魔力的影響，不太容易受到動物親近。很傷心。

Characters

Casebook of the Silent Witch

艾利歐特・霍華德

戴資維伯爵公子。學生會書記。拿早起非常沒轍。曾因為睡過頭把希利爾喚作「嬤嬤」而遭到怒斥。

尼爾・庫雷・梅伍德

梅伍德男爵公子。學生會總務。〈調停者家系〉出身。校園內發生任何大小摩擦時都會被找去調停，深受學長姊學弟妹信賴。

布莉吉特・葛萊安

雪路貝里侯爵千金。學生會書記。有兩位哥哥與一位妹妹。雖然受到妹妹仰慕，布莉吉特卻主動保持距離。

拉娜・可雷特

可雷特男爵千金。原本在義賣會場上四處尋找適合送給莫妮卡的生日禮物，但又擔心贈送高級品會讓莫妮卡有所顧慮，百般煩惱之餘拾起了刺繡針線。

伊莎貝爾・諾頓

柯貝可伯爵千金。莫妮卡執行任務的協助者。本想帶起潮流，宣揚自己憧憬的姊姊有多美妙迷人，但計畫卻以失敗告終，內心非常懊悔。

克勞蒂亞・艾仕利

海恩侯爵千金，希利爾的義妹，尼爾的未婚妻。最痛恨被人利用，也討厭善於利用別人的人。

古蓮・達德利

賽蓮蒂亞學園高中部二年級生。老家開肉舖，路易斯的弟子。三天兩頭逃避恐怖師父的追殺，結果成了飛行魔術達人。

班哲明・摩爾丁

賽蓮蒂亞學園高中部三年級生。宮廷音樂家家族出身。喜歡戀愛中的美麗女性，同時也熱愛願意提供自己金援的夫人。隨時募集贊助者。

艾莉安奴・凱悅

廉布魯格公爵千金。菲利克斯的從表妹。淑女必備的教養大致上都有涉獵，但裁縫有點不太拿手。

威廉・瑪克雷崗

賽蓮蒂亞學園基礎魔術學教師，同時也是上級魔術師。通稱〈水咬魔術師〉。已婚，有三個兒子、一個女兒，以及七個孫子。

【其他登場人物介紹】

羅莎莉・米萊
路易斯的妻子。醫生。對於自己挑男人的品味很差有自覺。

威爾迪安奴
菲利克斯的契約精靈。水系高位精靈。能夠化身成白蜥蜴與青年隨從的姿態。

白龍・加勒特
賽蓮蒂亞學園高中部三年級生。魔法戰社社長。視希利爾為勁敵。

康拉德・艾斯卡姆
賽蓮蒂亞學園高中部三年級生。魔法史研究社社長。他在各方面都很精明。笑聲獨特。

席拉・阿什伯頓
賽蓮蒂亞學園高中部三年級生。刺繡社副社長。白龍的未婚妻。「就那個」是口頭禪。

希爾達・艾瓦雷特
莫妮卡的養母。王立魔法研究所的研究員，從前是莫妮卡父親的助手。家事白痴。

瑪蒂達・梅森
艾瓦雷特家的宅邸女僕。希爾達與莫妮卡能過上人類該過的生活，基本上是她的功勞。

後記

由衷感謝大家購買這本《Silent Witch》第四集after。

雖然在第四集的後記提過要「加筆加個過癮」什麼的，結果單是加筆實在不過癮，就這麼寫了滿滿一本。

編輯部大德們，非常感謝你們提出第四集after的提案，巧妙地挑逗了「想要趕快衝主線，可是，又希望能著重日常生活情節。有好多想寫的，還有更多想寫的……」這種任性作者心。

得到了寫這麼多篇幅的機會，我真的非常開心。

本作收錄的章節以第四集到第五集之間的時間點為主，定位上算是第四．五集。

不過，因為四．五這樣的集數沒辦法用羅馬數字表示，最後才決定把書名定案為第四集after。

這個「after」的部分，編輯部同仁們原本提出好幾則提案，最後是在作者——「麻煩請選用最簡單的單字，讓我這種英文零蛋都看得懂的簡單單字」——如此懇求之下，才選定成現在的書名。

原先提出的提案中，還有「fragment（斷章）」這樣的內容，然後被我誤念成了「佛朗明哥……？」

《Silent Witch IV -flamingo（佛朗明哥）-》

……純論衝擊性，我覺得應該不差。

＊＊＊

這次後記的頁數比較充裕，所以我想針對各章節稍微簡單提點東西。還沒閱讀本文的讀者，還請小心不要吃到爆雷。

【序章　七賢人與圖書館的祕密】

七賢人基本上是就任的資歷愈久愈偉大，所以若以莫妮卡、路易斯、雷這三人來說，雷應該要最受尊重，不過到頭來都是那種待遇。

路易斯自認那樣已經是有在尊重了。換作後輩或部下大概早就一腳踢下去。

【黑貓偵探沉迷推理　～不良少年少女的偷看書大作戰～】

原本的副標是「廢女僕看見了」或「路易斯．米萊殺人未遂事件」。

誰知道，提到「〇〇殺人未遂事件」時，明明聽起來應該會像是〇〇差點慘遭殺害，但一把〇〇代入路易斯．米萊，突然間，就變得像是他犯下殺人未遂事件了。有這種感覺的，該不會只有我吧。

【冰之貴公子與肉店小開的奮鬥　～偷肉賊與迷途小女孩～】

小松鼠被吃掉的故事。想必在食物鏈中處於非常低的階層吧。要是能早點當上人類就好了呢。

【諷刺家的憂鬱　～博愛音樂家與舊學生宿舍的傳聞～】

氣。

請大家帶著溫暖的眼神，為博愛音樂家，以及他每次失戀時就要被耍得團團轉的下垂眼仁兄加油打氣。

【反派千金不為人知的活躍　～祈願魔咒帶來的夢～】

殿下讓人擔心頭髮與襪子的故事。

【終章　沉默魔女的小小解謎】

本作有不少男性班底畫工都奇差無比，不過現階段的冠軍，除了副會長這個軟趴趴職人之外，果然還是不作他想吧。

【祕密章節　致上沉默魔女的滿懷感謝】

希爾達·艾瓦雷特的異想天開家事（火災）小插曲，似乎是全年無休的長跑系列作。

莫妮卡的家事能力之所以令人微妙存疑，有一半出自不感興趣，有一半相信是希爾達女士的教育影響所致。

＊＊＊

非常感謝藤実なんな老師，每次都幫忙繪製美妙迷人的插圖。

連小道具都描繪得如此仔細，實在令我喜出望外。架上那本粉紅色書背的書，裝飾刻畫的精細程度，教我笑容止都止不住。

太可愛了……怎麼會有這麼可愛的書背……（是誰為了什麼目的製作的，還請到本文確認。）

非常感謝栈とび老師，總是細心地繪製本作的漫畫版。

漫畫版也已經來到相當於原作小說第一集後半的部分，讓我非常期待，接下來就能看到那個橋段或這個橋段等等。

最後，要向拿起本作的各位讀者大德，在此致上由衷的感謝。

每次都承蒙關照了，真的非常非常謝謝大家。

第五集就要進入寒假篇。我會努力寫作，若大家願意繼續賞光，就是我無上的榮幸。

依空まつり

國家圖書館出版品預行編目資料

Silent Witch. IV, after：沉默魔女的事件簿/依空まつり作；吊木光譯. -- 初版. -- 臺北市：臺灣角川股份有限公司, 2023.11

面；　公分. -- (Kadokawa fantastic novels)

譯自：サイレント・ウィッチ. IV, after: 沈黙の魔女の事件簿

ISBN 978-626-378-187-0(平裝)

861.57　　112015479

Kadokawa
Fantastic
Novels

Silent Witch Ⅳ -after-
沉默魔女的事件簿

（原著名：サイレント・ウィッチⅣ -after- 沈黙の魔女の事件簿）

2023年11月8日　初版第1刷發行

作　　者：依空まつり
插　　畫：藤実なんな
譯　　者：吊木光

發 行 人：岩崎剛人
總 編 輯：蔡佩芬
編　　輯：黎夢萍
美術設計：莊捷寧
印　　務：李明修（主任）、張加恩（主任）、張凱棋

發 行 所：台灣角川股份有限公司
地　　址：104台北市中山區松江路223號3樓
電　　話：（02）2515-3000
傳　　真：（02）2515-0033
網　　址：www.kadokawa.com.tw
劃撥帳戶：台灣角川股份有限公司
劃撥帳號：19487412
法律顧問：有澤法律事務所
製　　版：巨茂科技印刷有限公司
ISBN：978-626-378-187-0